恋する魔王

愁堂れな

幻冬舎ルチル文庫

CONTENTS ✦目次✦

恋する魔王

✦カバーデザイン＝chiaki-k（コガモデザイン）
✦ブックデザイン＝まるか工房

イラスト・蓮川 愛✦

恋する魔王

1

晴海埠頭には何度も足を運んでいた。『密輸』が行われた形跡を認めたからだが、倉庫の持ち主はすべて洗い出しているつもりでいたというのに、まさかの見逃しがあったとは。なんたる失態、と小野上真倫《このうえまさみち》はハンドルを握りながら唇を噛《か》んだ。前方を走る車をなんとしてでも見逃すまいとアクセルを踏み込む。

小野上が追っている車は黒のバンで、ナンバープレートは泥で汚れて読めない。麻布からつけているので尾行に気づかれている可能性大ではあるが、今のところその気配はない。

それにしてもこのバンに気づくことができたのは幸運だった。捜査ではまったく違う場所が取引の候補地となっていたのだが、そこへと向かう途中の信号待ちで、偶然、小野上の乗る覆面の後ろに停車したのだ。

バックミラーに映った運転席の男の顔に見覚えがあった。先日取り逃した一味の運転手に違いないと確信し、それで急遽、相棒の新城《しんじょう》に連絡を入れ、小野上はバンを尾行し始めた。麻布の交差点からバンは真っ直《ます》ぐに晴海の埠頭へと向かっており、やはり見間違いなどではなかったと小野上は自身の判断力、即ち『刑事の勘』への自信を新たにしたのだった。

小野上は警視庁捜査一課の刑事である。二十八歳という若さで本庁勤務となったのは彼が優秀であることの証明であり、最初に配属された品川東署での抜群の検挙率を買われ、昨年より警察官皆の憧れである現部署所属となった。

だが他人が彼を語るときには、能力より先に話題とされる特徴がある。それは彼の『美貌』で、女性は勿論《もちろん》、男性であろうが擦れ違う人間がほぼ一〇〇パーセント振り返らずにはいられない、整った、そして華やかな容貌の持ち主なのだった。

しかし当の本人にはまったくその自覚がない。彼くらい綺麗《きれい》だと人は敢《あ》えて指摘しないということに加え、小野上自身が容姿の美醜に関して一ミリも興味を持つことがなかったというのがその理由で、彼の興味の大半は、学生時代は武道に、警察官になってからは犯人逮捕に向けられていた。

ハーフかクオーターのように肌も髪も色素が薄い。細面《ほそおもて》の白皙《はくせき》の顔に美しい瞳、高い鼻梁《びりょう》、心持ち口角の上がった唇が完璧な配置を誇っている。瞳は成人男子にしては大きめで黒目がちである。長い睫《まつげ》は自然と上向き、唇は薄紅色、と、まるで絵画や少女漫画から抜け出てきたような美形ではあるのだが、本人にまるで自覚がない上、髪型にも服装にもこだわらないタイプゆえ、絹糸のように輝く髪は手櫛《てぐし》で無造作に整えるのみで、利用しているのは家の近所の千円カットであるし、スーツも吊るしの安物である。

そんな彼が今、一人で追っているのが、この一年あまり捜査一課総出で捜査を続けている人身売買組織の一味が乗ると思われる車だった。

通常、警察の捜査は二人組で行うもので、小野上もいつもペアを組む同僚のもとに向かうところだったのだが、偶然このバンに行き当たったため、急遽一人尾行しているというわけだった。

晴海埠頭に入ったところで無線が入ったためスイッチを入れ応答する。

「はい、小野上」

『今、どこだ?』

発信は捜査一課七係長の今西《いまにし》だった。

「晴海埠頭に入りました。相手に気づかれているかどうかはちょっとわかりません。雨で視界が悪いので案外、気づかれていないかも……」

『気づかれていようがいなかろうが関係ない。新城から報告がきて驚いたぞ。いいな? くれぐれも無茶はするな。今、応援を向かわせる。晴海埠頭のどの辺だ?』

「ちょうど鈴本《すずもと》倉庫の……あっ」

場所を報告しようとしたそのとき、黒いバンがいきなり加速した。

「マズい。尾行に気づかれたようです。取り敢えずあとを追います!」

ここで撒《ま》かれるわけにはいかない。埠頭の倉庫内には彼らにとっての『商品』が——誘拐された少年少女たちがいる可能性が高い。なんとしてでも突き止めねば。決意も新たに小野上は無線にそう言い放ち、アクセルを踏み込んだ。

『無茶はするな！　わかってるな？』

今西が念を押してきたが、既にその声は小野上の耳には届いていなかった。

捜査の甲斐《かい》なく、今まで何人の少年少女が被害に遭ってきたか。行方の知れない彼らを救出するためにも、組織を突き止め、壊滅させる必要がある。

なんとしてでも尻尾《しっぽ》を摑《つか》まえる。そのためなら多少の無茶をしないでどうする。小野上の視界の先、黒いバンが倉庫の前で停車し、中から数名の男たちが倉庫に駆け込んでいく。そこがアジトか、と小野上もまた倉庫前に駐車し、少年少女らを救うために倉庫に足を踏み入れた。

「なんだ、てめえっ」

一見してチンピラとわかる男たちが小野上へと向かってくる。武器を持たない彼らは小野上の敵にはなり得ず、拳《こぶし》や蹴りにより秒速で床に沈めながらより奥へと駆け込んでいく。

「若頭、ヤバイです！」

「サツじゃねえかと……っ」

危機感をこれでもかというほど感じさせるチンピラたちの叫びを聞き、いよいよ追い詰めたと小野上が確信したそのとき――。

目の前に眩《まぶ》しいほどの閃光《せんこう》が走った直後に、ドォン、という地響きを小野上は確かに聞いた——と思った。

身体《からだ》が吹っ飛ぶ。全身に衝撃を受け、手足が引き千切られるような苦痛に見舞われたが、既に悲鳴を上げることすら、小野上にはできなかった。

倉庫が爆破されたという事実に気づくこともできないまま、小野上の意識は深い闇の世界に呑《の》み込まれていった。


『……ろ。起きろというに』

身体を揺さぶられ、薄く目を開く。

しかし小野上が目覚めた場所に光はなく、漆黒の闇の中、辺りを窺《うかが》う。

ここまでの『闇』を小野上は体感したことがなかった。視力がまったく働かないためか、横たわっているはずなのにまるで空中に浮遊しているかのような錯覚に陥る。

いや、錯覚ではないのでは——？

踏み込んだ倉庫が爆破されたときの記憶が一気に小野上の中に蘇《よみがえ》る。爆風に飛ばされたときに感じた熱さ。そして痛み。今までの人生で味わったことのないほどの苦痛を覚えた。

きっとあのとき、自分は死んだのだ。ここは天国——にはとても見えない。まさか地獄だろうか。地獄に落ちるほど、非道な行いをしてきたつもりはないのだが。

周囲を窺っていた小野上の目の前、ぼんやりと人影が浮かび上がる。

「……？」

『人影』――だろうか。明かりに照らされて姿があきらかになるのではなく、その人物自体が薄《うす》らと発光していることに小野上は気づいた。

特徴的すぎる外見である。身長は二メートル近くありそうだった。外国人に見える。腰までの黒髪は艶《つや》やかで裾は緩いカールを描いている。顔が小さく足が長い。モデルでもここまでのスタイルの持ち主はいないのではと思われる。

切れ長の黒い瞳。通った鼻筋。薄い唇。まるで映画の登場人物のようだ、と小野上が思ったのは、男の常人離れした容姿に加えて、彼の服装がいかにもファンタジー映画に出てきそうなものであるためだった。

身に纏《まと》っているのはマント――だろうか。黒の光沢のある生地はどう見ても高級そうだった。耳には赤のピアス。あれはルビーか。すっと上げた右手の薬指に大きな石がはまった指輪をしている。

コスプレか？　しかしなんの？　それ以前になぜコスプレを？　首を傾《かし》げたものの、すぐにここが死後の世界の可能性があるということを思い出し、小野上は一気に緊張を高めた。

ここが地獄であるのならこの黒ずくめの若い男は『悪魔』か。悪魔は地獄にいるのだったか。閻魔様《えんまさま》がいるのは日本特有か。そんなことを考えつつ、闇に浮かび上がる姿に目を奪われていた小野上に、男が声をかけてくる。

『目が覚めたか』

バリトンの美声。外見は外国人だが、喋《しゃべ》った言葉は日本語である。これは夢か。それとも死後の世界だから言語などどうでもよくなっているのか。

『お前が理解できる言葉を用いただけだ』

「え」

今、自分は声に出しただろうかと小野上は、心持ち憮然《ぶぜん》とした表情となった男を見やった。男もまた小野上を見下ろす。

『小野上真倫。お前の命を救ってやったのは私だ』

「えっ?」

男が手を伸ばし、上体を起こしていた小野上の腕を摑んで立ち上がらせる。

「命を……?」

『お前は死ぬところだった。倉庫の爆破に巻き込まれて。それを生き返らせたのは私だ』

「?　?　?」

無表情といっていい顔で意味のわからないことを告げる男を前に、小野上はすっかり混乱していた。

夢としか思えない。しかしもしこれが死後の世界だとしたら？　待て。死後の世界なら『生き返らせた』という言葉が矛盾する。そもそもここはどこなんだ。俺は死んだのか？　死んだからこそこんな、音も光もない、そして重力もないような世界にいるのか。

そして目の前には悪魔――立ち上がりはしたが、やはり宙に浮いているような気がする、と小野上は前に立つ男を見上げた。

『悪魔ではない。魔王だ』

と、男がはっきりと不快そうな顔になりそう告げる。

「魔王？」

『私がお前を蘇らせた。私の妻にするために』

魔王と名乗った男の手が、小野上の頬に触れる。

「……っ」

冷たい指先の感触に、びく、と身体が震えたそのとき、小野上の耳に微《かす》かな声が響いてきた。

『小野上！　起きろ！　頼む！　目を覚ましてくれ！』

「……え……？」

この声は。眉を顰《ひそ》めた小野上の頬からいつの間にか手を引いていた男が、やれやれ、という顔になる。

『続きはまたになりそうだ。しかし忘れるなよ。お前は私の妻になる』

「いや、妻にはなれないと思うんですが……」

何より性別が違う。自分は男だ。今までの人生で女性に間違えられたことはない。外国人から見たら女性に見えるのだろうか。首を傾げていた小野上の耳に、より大きく先程の声が響いてくる。

『小野上！　頼む！　起きてくれ！』

『忘れるな』

黒髪の男がそう言ったかと思うと、すっと手を伸ばし小野上の両目をその掌《てのひら》で覆う。

「……っ」

何がなんだかわからない。視界を覆われた瞬間、再び訪れた漆黒の闇の世界でバランスを失い、後ろへと倒れ込んだ小野上は、今度はしっかり『重力』を感じ、目を開いた。

「小野上！」

自分がベッドに横たわっているのがわかる。そして視界に飛び込んできた男の顔にも見覚えがあった。

「新城……」

「目を開いた！　先生、起きました！　起きましたよ！」

今の今まで自分の名を呼びかけていたというのに、呼び返した途端、彼の——新城の視線は小野上から逸《そ》れ、同じく小野上を見下ろしていた医師へと向かう。

「小野上さん、気分はどうですか？」

問いかけてきた男が医師とわかったのは、白衣を着ていたことと、胸に『外科医』と書かれた身分証が下がっていたためだった。

「あ……大丈夫です」

実際、『大丈夫』かはわからなかったが、意識はある。頷《うなず》いた小野上の視界に再び新城の顔が飛び込んできた。

「本当か？　お前、死んでもおかしくない状態だったんだぞ？」

新城亮《あきら》——小野上の警察学校の同期にして、今は『相棒』となっている男である。入学時も卒業時も警察学校では首席であった彼は、国内最高峰といわれる大学卒業後、キャリアという選択肢があったにもかかわらず小野上同様、一般の警察官となった。

いわゆる『文武両道』を絵に描いたような男で、高身長、高学歴の上、容貌も整っているために女性職員の人気も桁外れに高い。

警察学校に入学した際、偶然、小野上とは座席が隣り合わせになった。スペックの高さに驚きはしたが、なぜか気が合い、今や『親友』といっていい仲となっている。

本庁に配属されたタイミングもまた奇《く》しくも同じとなり、ペアを組むことも多い。まさに『相棒』である彼のこんな顔を初めて見た、と小野上は泣きそうな表情を浮かべている新城を見上げた。

「本当に大丈夫なのか？　俺がわかるか？」

「わかるよ。新城だろう」

「痛いところはないか？」

「いや、特に……」

言いながら小野上は自分の身体を見下ろした。

爆発に巻き込まれたとき、肉体的苦痛を確かに感じた。熱風に煽《あお》られ、火傷《やけど》しないはずはない熱さも肌に感じたのに、病院着を着せられてはいるが包帯などは巻かれていない。

何より痛みがない。擦り傷程度はありそうだが、と上体を起こし、腕を上げてみる。

「奇跡だと皆、言っている。倉庫内にいた人間は全員死んだから……」

「全員……」

顔を歪《ゆが》める新城を見て小野上は、『全員』の中に誘拐された少年少女が含まれるのを悟った。

「運良く爆風を避けられたんだろう。外傷は掠《かす》り傷程度だというが、なかなか目を覚まさないので心配していた。その分だと意識もはっきりしているんだよな？」

新城が腰を屈《かが》め、近いところから小野上の顔を見つめてくる。

「ああ。おそらく……」

頷きはしたが、小野上は未《いま》だ、年若い被害者の死のショックから立ち直れずにいた。

自分がもう少し早くあの倉庫を突き止めていれば爆破を防げたのではないか。そもそもなぜ倉庫は爆破されたのか。警察に気づかれたと思ったからか。その責任は自分にある。相手に気づかれないように尾行していれば皆、命を失うことはなかったのだ。

「……違う。お前のせいじゃない。あれは事故だ」

項垂《うなだ》れる小野上の肩に、そっと手を乗せてきたのは新城だった。さすが親友にして相棒、何も言わずとも小野上の心情を察してくれたらしく、フォローの言葉を口にする。

「亡くなったのは誘拐された子たちだけじゃない。人身売買組織の人間も十数名死んでいる。常識で考えて身内をそうも死なせる状況を奴らが作り出したとは思えない。となると結論は一つ。あれは事故だ。お前が気に病む必要などまるでない」

理路整然と言い放つ。絶対的自信に溢《あふ》れたその物言いに、救いを得ながらも小野上は、自分を責めずにはいられないでいた。

「意識が戻って安心した。まずは休め。今西係長も体調を整えることが先決だと言っていたから」

新城が微笑《ほほえ》み、再び小野上をベッドに横たわらせようとし、両肩を押してくる。

「お前が生きていて本当によかった」

しみじみとそう告げた新城の瞳は酷《ひど》く潤んでいた。感無量といった表情の彼を見上げる小野上の胸にも熱いものが込み上げてくる。

小野上の両親は他界しており、きょうだいもいない。刑事という仕事柄、いつ命の危険に晒《さら》されることになるかはわからないが、たとえ死んだとしても悲しませる人間がいないのはある意味、いいことかもしれないと常日頃から小野上はそう感じていた。

しかし、自分の生死をこうも気にかけてくれる友が存在している。それがどれだけありがたいことか。死にかけてようやく理解するとは自分で自分が情けない。

「無茶をして悪かった」

自然と謝罪の言葉が小野上の唇から零《こぼ》れた。それを聞いて新城が苦笑する。

「そんなに殊勝に謝るなんて、明日雪かな」

「いつも殊勝だけどな」

揶揄《やゆ》とわかりながらも突っ込みを入れたのは、新城の顔に『苦笑』ではない笑みを浮かべさせたかったからだった。

「よく言うよ。お前程度で殊勝なら俺はどうなる」

「普通に高飛車？」

「どこが」

「ハイスペックな男は普通にしていても高飛車に見えるものなのさ」

「そんな理不尽な」

いつものようにポンポンと言い合っていたが、ここで不意に新城の顔が歪んだかと思うと、右掌で己の両目を覆ったものだから、何事か、と小野上は焦って彼に呼びかけた。

「どうした？」

「……お前が生きていて……本当に……」

あとは言葉にならず、嗚咽《おえつ》に紛れてしまう。普段どおりのやりとりができることをこうも嬉《うれ》しく感じてくれる友の涙に涙腺を刺激されながらも小野上は、泣くのは堪《こら》え、身体を起こすと肩を震わせていた友の腕をぎゅっと握ることで感謝の意を伝えようとした。

涙がおさまると新城は、照れた様子で病室を出ていった。暫《しばら》く入院し、検査せよとの命令が下っていると彼から聞いた小野上は、体感的にその必要はないのではとしか思えなかったが、生きているのが奇跡と言われている現況では致し方ないのだろうと諦めをつけ、早々に眠ることにした。

体力の回復が認められれば、早期復帰もできるかもしれない。なんとしてでも人身売買の組織を突き止める。これ以上、被害者を出さないためにも。

拳を握り締め決意を新たにした小野上の脳裏にふと、夢に見た『悪魔』の姿が蘇る。

なぜあんな夢を見たのか。だいたい『妻』ってなんなんだ。男が妻になれるわけがないじゃないか。

馬鹿げた夢を見たものだ、と苦笑したあたりで、小野上の意識は朦朧《もうろう》としてきた。

『お前は私の妻になるのだ。そのために蘇らせたのだから』

頭の中に悪魔――ではなく『魔王』と名乗った男の声が響く。
これもまた夢か。夢以外には考えられないが。そんなことをぼんやり考えているうちに小野上の意識は睡魔に侵され、いつしか眠り込んでしまったようだった。

「起きろ」

心地よい眠りの世界から、頭を小突かれることで一気に目覚めた小野上だったが、目の前に現れた男の姿に、まだ自分が夢の中にいるのかと一瞬、錯覚した。

それで再び目を閉じようとした小野上の額に、冷たい指先が触れる。

「起きろと言っている」

「……夢……じゃない？」

この冷たさ。生きている人間の体温ではない。病院で目覚める直前に見ていた夢の中で、悪魔に触れられたときと同じ感覚だ、と小野上は目を開き、ベッドの傍《かたわら》に立つ男をまじまじと見上げた。

「何度言えばわかる。悪魔ではない。魔王だ」

「……魔王……」

何度言われたところで納得できる気がしない。これが夢ではなくてなんなのだろう。呆然《ぼうぜん》とした状態で、ただ『魔王』と名乗るマント姿の長髪の男を仰向《あおむ》けになったまま見上げていた小野上だったが、その男が伸ばしてきた手で腕を摑まれては寝てもいられなくなった。

「離せ」

手の冷たさは勿論のこと、少しの隙も見い出せないことに小野上は動揺していた。寝ぼけているからだと思っていたが、はっきり目覚めた今、より恐ろしさが増してくる。

腕に覚えのある小野上が、この種の恐怖を感じることはまずない。人間なら呼吸の合間にどうしても隙が生じるはずなのに、まったく隙のないこの男はロボットか、と見やる。

「ロボット？　なんだそれは」

男が眉根を寄せ問うてくる。

「待ってくれ。どうして俺の考えていることがわかる？　やはりこれは……」

夢か、と言おうとしたことまで男は正確に読んだ。

「夢ではないと言っている」

「………」

そもそも——現代日本にはまったくそぐわない身なり。時代がかったというか、それこそファンタジー映画の登場人物のような黒髪の長髪に大仰なマント。その上見た目は外国人なのに吹き替え映画さながら、流暢《りゅうちょう》な日本語を喋っている。

これが夢じゃなくてなんなのだ。

「さきほどからごちゃごちゃと……よいか？　既に説明しているが、お前は死ぬところだった。命を救ったのは私だ。つまりはお前の命は私のものだ。だから共に来い」

「いや、ちょっと待ってくれ。来いってどこに？」

彼の話には相変わらずまるでついていけない。なのに強引に腕を引かれ、物理的にどこかへと連れていかれようとしている。

悪魔だか魔王だかわからないが、一体この状況はなんなのだ。夢じゃなければ現実か？　現実にこんなことがあり得るのかと、必死で踏みとどまろうとしていた小野上を、溜《た》め息交《いき》じりに男が振り返り口を開く。

「向かう先など決まっている。魔界。私の世界だ」

「魔界……」

なんのこっちゃ。

小説でも映画でも、ファンタジーものには特に興味を持つことがなかった小野上にとって、『魔王』も『魔界』もまるで無縁の単語だった。

『魔王』といって思い浮かぶのは焼酎。それにシューベルトの歌曲。

「失敬な奴だ。何が焼酎だ。焼酎がお前の命を救えるか？」

「…………………」

憮然とした顔で告げられた言葉を聞き、逆に小野上は、目の前のこの『魔王』を名乗る男が己の知らない力を持つことを実感した。

「本当に俺の心が読めるんだな」

そうとしか思えない。判断できるだけの落ち着きを、小野上は取り戻しつつあった。

「当然だ」

男が――魔王が、何を当たり前のことをと言いたげな表情で言い放つ。

「……………魔王……………」

信じざるを得ないのかもしれない。これが夢でない限り。

「夢と思いたいなら思えばいい。夢見心地で魔界に行き、夢見心地で私の妻になる。それで何も問題ない」

「いや、あるから！」

理解は追いついた。しかし『妻』だけはわからない。

「俺は男だ」

「知っている」

「えっ？　知ってる？」

ならなぜ、『妻』などと言うのだ、と眉を顰めた小野上に、魔王が悠然と言い放つ。

「知っているさ。私が以前、娶《めと》ろうとしたのも男だ」

「マジか」

妻がなぜ男なのだ。魔王の世界――『魔界』というのだったか――では結婚を男同士ですることに違和感はなかったのか。

いや、待て。もしや目の前にいるこの『魔王』が女性だったりして？

「そんなわけがないだろう」

途端に魔王が不快そうな顔で否定してみせる。

「………ですよね」

これで女性なら驚きだ。しかし男性ならなぜ俺が『妻』なのだ。戸惑うばかりだった小野上に魔王がニッと笑ってみせる。

「なんだ、私と彼との馴れ初めを聞きたいと、そういうことか」

「いや、別に……」

そんな希望を抱いたことはまったくないのだが。そう告げようとした小野上の言葉に聞く耳を持つことなく、魔王が上機嫌な顔になる。

「わかった。話は多少長くなる。何せ何百年も前の話だからな」

「何百年！」

驚きから声を上げた小野上に、魔王がにっこりと笑いかけてくる。

「心して聞くがよい」

「……はあ……」

話している間は『魔界』とやらには連れていかれずにすみそうである。それにしてもこれは本当に現実なのか。未だ信じられずにいたものの、小野上は魔王が懐かしむような――そしてどこか傷ついたような顔で話し始めた、その話に耳を傾けていった。

「私は運命の恋をした。今から二百年……いや、三百年……もう少し前か。そこまで昔ではなかったたか。人間界の時の流れには興味がないゆえ正確な年月はわからない。要はお前の前々々々々世の生きていた時代の話だ」

「前……々々々々世？」

「輪廻転生。失われた命は何度も生まれかわる。人であるか否かは定まっていない。しかし前々々々々世のお前は人間だった。王太子を守る騎士団長。記憶はあるか？」

「騎士団長？」

ということは日本ではない。中世って何百年前なのだ。だいたい、前々々々々世とは？　前世ならまだしも、三代？　四代？　いや五代か？　とにかくそこまで前の記憶など、あるはずがない。

「わかっている。お前の前世にも記憶はなかった。前々世は犬。その前は探すのが遅れ、既に九十歳の老婆となっていた。因《ちな》みに前世は鸚鵡《おうむ》だった。それも覚えていないか？　百二十歳まで生きたのだぞ」

「鸚鵡……って、長命なんだな……」

当然、覚えていないのでそんなコメントしか出てこない。しかし言われてみれば、鸚鵡にも犬にも親近感はあるような。

いや、あるか――？

自身に問いかけ、首を傾げた小野上の前で、魔王が肩を竦《すく》めてみせる。

「無理せずともよい。前世の記憶があるほうが稀《まれ》なのだ。少し期待してしまったのは、お前が前々々々世とよく似た容姿をしているからだ。それこそ、瓜二《うりふた》つといっていい。飾り物の美しさではない。血の通った美しさ。精神の充実。そして正義感。優しい心根。本当にそっくりだ。マリーン……私の愛する恋人」

どうやら前々々々世の名は『マリーン』というらしい。そして顔が似ているらしい。

しかしそう盛り上がられても対応のしようがないのだが、と、引き気味になっていた小野上の腕に再び魔王の手が伸びる。

「さて話もすんだことだし、早速行こう」

「いや、まだすんでいない」

始まってもいないだろう、と言おうとした小野上を魔王が睨《にら》む。

「これ以上話すことはない。ああ、どうやって生き返ったかが知りたいのか？　ほぼ即死だったぞ。爆発物のすぐ近くにいたからな。手はもげ、肌は焼け――」

「そ、そこはいい」

想像するだけで痛い。自然と顔が歪んでしまっていた小野上に、魔王がニッと笑いかけてくる。

「それならもういいな。行こう」

「いや、ちょっと待ってくれ」

全然よくない。思わず手を振り払った小野上を魔王が睨み付ける。

「何を待つ必要がある。何回言わせたら気が済むのだ。お前の命を救ったのは私。すなわちお前の命は私のものだ。それに異義を唱えるつもりか?」

なんと図々《ずうずう》しい、と言いたげな魔王に、こっちにも言い分がある、と小野上はそれこそ『異義』を申し立てた。

「命を救ってもらったことはありがたいと思う。犯人を追えるからな。しかし魔界? に行くわけにはいかない。だいたい魔界ってどこだ? この世界じゃないんだろう?」

だとしたら人身売買組織の捜査ができないではないか。それではなんのために生き返ったというのだ。

「私のために生き返ったのだ」

馬鹿なことを、と憮然とした顔になった魔王が、強引に小野上の腕を摑む。

「私と愛に溢れた日々を送るためにお前は生き返ったのだ。さあ、早く魔界に戻ろう。そこで私を愛するのだ、お前は私を」

「愛するって……ええ？　俺が、お前を？」

「お前とは失敬な」

ますます不機嫌な顔になる魔王に小野上は、自分としては当然としか思えないことをぶつけていった。

「今日会ったばかりなのに、どうして愛せると思うんだ？　第一、俺の恋愛対象は女性だ。男を好きになったことなどないというのに？」

「好きになればいいではないか」

魔王が面倒臭そうな表情となり言い捨てる。

「俺にも好みがある」

「そんなものはどうにでもなる」

「なるはずがない。俺の気持ちだ」

何を言っているのかと眉を顰めた小野上に、勝ち誇ったような顔で魔王が言い捨てる。

「お前の気持ちなど、私の魔力でなんとでもなる。今この瞬間にも私に夢中にさせてやろうか？」

「魔力ってなんだ？」

人の気持ちを自在に操《あやつ》ることができるというのか。恐ろしい力だなと考えたことを魔王はまたも読んでみせた。

「恐ろしいどころか。お前を生き返らせたのも魔力あってこそだ。感謝するんだな」

「感謝はする。するが……」

だからといって魔王を愛することができるかとなると、できようはずもない、と小野上は魔王を見やった。

「なぜだ」

「なぜって、今日会ったばかりだぞ？」

「前々々々世のマリーンは私を愛していた。それでいいではないか」

「しかし！　俺はマリーンじゃない」

そこが一番問題だと思うのだが。それを告げた小野上に対する魔王のリアクションは、

「一体何が問題なのだ？」

と、心底不思議に思っているに違いないものだった。

「問題だろう。俺はお前を好きでもなんでもない。なのにお前は魔力で俺をお前の虜《とりこ》にするという。強制的に愛させるって本気で言ってるのか？　俺はお前を愛してない。愛するわけがない。まったく知らないんだからな。俺の前世……じゃない、前々々……ええと、もっとか？　そのマリーンという男はどうだったか知らないが、少なくとも俺はお前を愛していないのに」

「………愛していないだと……？」

魔王が愕然《がくぜん》とした顔になったことに、小野上は逆に違和感を覚えていた。

「会ったばっかりだぞ？　そんな相手をお前は愛せるのか？」

「………」

なぜ魔王が絶句しているのか、小野上はまったく理解できていなかった。

「俺は無理だ。魔力で好きにならせると言われても、本心からは好きにはなれないだろう。俺はお前のマリーンじゃないからな。魔力で俺の気持ちを変えられるというが、そんなことをして空《むな》しくないのか？」

「空しい……？」

魔王がぽつりと呟《つぶや》く。

「人の心を操って、楽しいのか？」

それが一番の疑問だ。問いかけた小野上に、魔王が唖然《あぜん》とした表情で問いかけてくる。

「………お前は……本当に私を愛していないのか……」

「愛していない」

当然だろう。言い返した小野上を魔王はじっと見つめてきた。

「ならどうすれば愛するというのだ。お前はマリーンの生まれかわりだ。無条件に私を愛するのではないのか」

「どうしてそう思う？　我々に面識はないんだぞ？」

「……面識……」

魔王が呟いたあと、小野上から視線を外し、俯《うつむ》く。

何を考えているのか、まったくわからない。しかし心持ち、落ち込んでいるように見える。

今まで自信満々だったというのに、と首を傾げていた小野上へと、魔王の視線が戻る。

「落ち込んでなどいない」

「ならいいが」

また心を読まれた。とても気持ちが悪い。全部口に出せばいいのか。別に読まれて悪いことは考えていないはずだ。

それで小野上は口を開きかけたのだが、そんな彼に魔王が問うてきた。

「やはり気持ちが悪いのか」

「え？」

今、考えていたことか、と察し、理由を説明する。

「心を読まれるといった体験をしたことがないからな。職業柄相手の心を読もうと努力はするが」

答えながら小野上は魔王の『やはり』という言葉にひっかかりを感じ、それを問おうとした。が、それより前に魔王が口を開く。

「わかった。読むなというのなら読まない。魔力を使うなというのなら使わずにいよう。それで私を愛せるか?」

「いや、だから……」

どうして『愛する』が前提なのか。言うより前に読まれると思ったのに、魔王は何も言わない。

「心を読んでいないのか?」

もしや、と問いかけると魔王は当然のように頷いた。

「お前が読むなというなら読まないと言っただろう。他には何が必要だ?」

「……待ってくれ。俺は……」

「心も操らない。あとは何を言っていたか。ああ、面識がない、だったか。それならこれから知り合えばいいということだな」

「だから……」

「そのとおりにしよう。それで文句は言わせない」

「おいっ」

一人で納得している様子の魔王はどうやら既に小野上の心を読むことはやめているらしい。

一方的にそう言い切ったかと思うと、

「心しておけ」

という言葉を残し、踵《きびす》を返した。

バサッと彼の着用していたマントが風に煽られ広がる。

次の瞬間には魔王の姿はあとかたもなく消えていて、小野上は周囲を見回したあと、呆然としてしまっていた。

「……いない……」

夢を見ていたのか。いや、今、意識ははっきりしている。試しにレトロな動作と思いつつ自身の頬を抓《つね》ってみたが、実際、痛みを覚えたし、それで眠りから目覚めることもなかった。

「………現実……だよな？」

それともやはり自分は死んでいて、わけのわからない世界にいるんだろうか。

「いて」

再び頬を抓ってみて、痛みを覚えることに一瞬安堵《あんど》するも、これも現実ではないのかも、と首を傾げる。

生きているのか死んでいるのか、取り敢えずは様子を見ることにしよう。もし運良く生きていれば、一日も早く現場復帰し、人身売買組織の捜査に戻りたい。

そのためにも身体を休めねば。小野上は目を閉じ、眠ろうとした。彼にとっては『魔王』という存在を現実のものとして受け入れることがどうにもできないのだった。

どちらかというと単純な性質であるため、受け入れがたいことには背を向けるという選択をし、小野上は眠りについたのだが、その夜おかしな夢を見た。

夢には魔王が出てきた。しかし夢の中の彼には、対面するときに常時感じていた威圧感はまるでなく、穏やかな笑みを浮かべている。

『お前が笑っていると私も嬉しい』

愛しいひと、と魔王が小野上の髪を梳《す》く。

『……あれ……』

自分の頭髪が肩より長く伸びていることに違和感を覚え、思わず声を漏らす。

『どうした、マリーン』

魔王に戸惑いの声を上げられ、はっとする。

確かマリーンというのは、魔王が口にしていた自分の前々々々世の名ではなかったか。

「そんな馬鹿な」

思わず声を上げたところで目が覚め、小野上は身体を起こした。

「…………」

病室内は真っ暗ではなく、枕元に小さな明かりが灯《とも》っているため、俯いた視界に自身の手が映る。

『手はもげ、肌は焼け――』

魔王の声が頭の中に蘇り、堪《たま》らず小野上は掌をぎゅっと握り締めた。

感覚はある。もげてはいない。これは自分の手だ。

しかしあの痛みは？　あの熱は？　あれもまた『現実』だったはずだ。

「…………寝よう」

魔王とのやりとりが生んだ夢だ。前世――いや、前々々々世だったか。の話を聞き、脳の中でイメージが作成されたのだろう。

『夢』の説明を自分の中でつけながらも小野上は、落ち着かない気持ちに陥っていた。大切なことを忘れている。いや、気づいていない、か。ともかく、なんとも落ち着かない、と大きく息を吐く。

ともかく、寝る。夢は夢。自身に言い聞かせ目を閉じた小野上の脳裏に、今見たばかりの夢の中、魔王の微笑む顔が浮かぶ。

あんな顔もするんだな――。

なぜ、自分がそのような思考に陥ったのか、小野上自身にもわかっていなかった。

「なんなんだ、一体……」

首を傾げつつも訪れた睡魔には勝てず、小野上は再び眠りの世界へと落ち込んでいき、朝まで夢を見ることなく熟睡したのだった。

翌日、精密検査が行われたが、すぐにわかる範囲での異常性はまったく認められなかった。

「すぐ退院でもいいって、マジか」

出勤前に見舞いに訪れてくれた新城は、医師の診断結果を聞き驚きの声を上げた。

「医者がいいっていうんだから、捜査に復帰してもいいよな？」

既に小野上は病院着を脱ぎスーツに着替えていた。スーツは寮の後輩に頼んで届けさせていたもので、その姿でベッドに腰掛けていた小野上を新城がまじまじと見やる。

「お前からも係長に口添えを頼みたいんだ。実際、体調には問題ない。すぐに捜査に戻りたいんだ」

「いや、気持ちはわかるが、さすがに……」

新城は躊躇《ちゅうちょ》していたが、小野上が「頼む」と強引に迫ると、仕方ない、というように溜め息をついた。

「本当に体調に問題はないんだな？」

「勿論」

「少しでも異常が認められたらそれこそ長期入院になるんだぞ。わかってるな？」

「わかっているし、異常はないよ。すこぶる元気だ。今すぐ道場に行って証明してもいい」

そんなやりとりがあったあと、日頃から小野上には『甘い』と自他共に認める新城は、

「わかった」

と渋い顔をしつつも頷いた。

「係長には口添えする。だが本当に少しでも普段と違うと思ったら病院に戻れよ？」

「ありがとう！　さすが相棒、恩に着るぜ」

拳で新城の胸を突く。

「何が相棒だよ。こういうときばっかりじゃないか」

不満の言葉を述べながらも新城は小野上の拳を掌で摑むと、ぎゅっと握り締めてきた。

「お前の気持ちもわかるからな。一日も早く人身売買組織の連中を逮捕したいもんな」

「ああ」

小野上は頷いたあと、その分だとないのだろうと予測しつつ、

「捜査に進展は？」

と新城に問うた。

「残念ながら」

予想どおりの答えを返す新城の口から抑えた溜め息が漏れる。

「倉庫の爆破により亡くなった人間の身元は誰一人として判明していない。それだけ爆発が大きかったということだが」

そんな中、よくぞ無事で、と言いたげな新城の視線を感じながらも小野上は、

「車は？　あの黒のバンはどうだ？」

と問いを重ねる。

「盗難車だった」

「倉庫の持ち主は？」

「あの倉庫は倒産した物流会社の持ち物で、今は管財人が管理しているんだが、無許可で使われており、管財人も物流会社もまるで心当たりがないということだ」

「その管財人や物流会社がかかわっている可能性は？」

「それを今、捜査中だが、俺の印象としては繋《つな》がりはなさそうだ。あったとしてもごくごく末端の人間がわかるくらいで組織には辿《たど》り着けないだろう。今までのように」

「……一体、どんな組織なんだ。ここまで尻尾を出さないとは……」

ここ数ヶ月というもの、何百人もの警察官が捜査に投入されているというのに、まるで手がかりが掴めないことに、小野上は焦燥と苛立《いらだ》ちを感じていた。小野上だけでなく、警察官全員が同じ気持ちではあるのだが、どういうわけかまるで組織に辿り着くことができない。

どうしたらいいのか、と唇を嚙んでいた小野上に、

「そう、思い詰めるな」

と新城が手を伸ばし肩を叩《たた》く。

「まずは係長に復帰の許可を得る必要があるからな。医師の診断書があったほうがいいだろ

う。口頭だけではこころもとないので交渉しに行こう」

「さすがだな」

医師に診断書を書いてもらうなど、まるで思いつかなかった。思い立ったら即行動の自分とは違う理性派である新城に小野上は賞賛の眼差《まなざ》しを向けた。

「お前が単純すぎるんだよ」

ははは、と新城が照れたように笑い、揶揄してくる。

「なにを……と言いたいが、実際単純だから言い返せないな」

「素直なところはお前の美点だ。先輩や係長にも好かれているのはそういうところなんだろうと実際羨《うらや》ましいよ」

揶揄のあとのフォローなのか、今度は自分を持ち上げてきた新城に、

「そういうのはいいから」

と小野上は笑い、新城の胸のあたりをまた小突いた。

「行こうぜ」

「ああ。行こう」

新城が頷き、歩き出す。並んで歩きながら小野上は、彼のような同期がいてよかったと改めて友情のありがたさを嚙み締めていた。

新城の口添えもあり、医師は渋りながらも『身体的に問題はなし』という診断書を書いて

くれた。

すぐにも捜査一課に戻ろうと考えていた小野上だったが、新城の運転する覆面パトカーに乗り込んだとき、ふとある考えが彼の頭に浮かんだ。

「新城、悪いが先に寄りたい場所がある」

「ああ、寮か?」

明るく問うてきた新城だったが、小野上の答えを聞き、彼の表情が一瞬固まった。

「いや。現場にいきたい。爆破された倉庫に」

「……行ったとしても、捜査に役立つものは何もないよ」

言葉を選ぶようにして新城が答える。

「捜査のためというよりは……手を合わせたい。亡くなった少年少女に」

自分が何かできたはずだった。罪のない若い命が失われたことに責任を感じていた小野上は、捜査に戻る前に亡くなった彼らに一日も早い組織壊滅を誓うべく、向かいたいと願ったのだった。

「……お前のせいじゃない。それは断言するよ」

また、言葉を選ぶようにしながら、新城はそう告げたが、どうやら小野上の望みを叶《かな》えてくれるようだった。

「ありがとう」

礼を言い、小野上はハンドルを握る友人の顔を見やった。

端整な横顔。人の顔の美醜には興味が薄い小野上だったが、といっても美醜がわからないわけではない。新城がモテるのは間違いない。人が好ましいと思う顔だ。整っているというだけでなく温かみが感じられる。

「なんだよ。そんなにじっと見て」

視線がうるさかったのか、眉を顰め、ちらと小野上を見る新城に、

「いや、いい男だと思ってさ」

と小野上が揶揄で答えると、

「今頃気づいたか」

と新城もまた、揶揄を返してきた。

「惚《ほ》れるなよ?」

更に冗談を重ねてきた新城に小野上は、

「惚れるしかないだろ」

とふざけて返したのだが、そのとき頭の中で不機嫌としかいいようのない誰かの声が響いた。

『許さぬ。お前は私の妻だ』

「え?」

この声は。思わず声を上げた小野上に、ちょうど赤信号で車を停めた新城が心配そうに問いかけてくる。

「どうした？　いきなり大きな声を上げて」

「あ、いや。なんでもない」

慌てて言い訳をしながらも小野上は戸惑いを覚えずにいられなかった。

今の声は間違いなく、あの魔王の声だ。どうして彼の声が聞こえたのか。いや、聞こえてはいないのか。新城はノーリアクションだ。

思い込みなのか。それとも本当に聞こえたのか。首を傾げていた小野上だったが、新城に、

「大丈夫か？」

と心配そうに問われ、はっと我に返った。

「ああ、大丈夫だ。だから病院に戻るとかは言うなよな？」

「本当に大丈夫なんだろうな？」

どうやら新城は病院に戻ろうとしていたようで、尚も心配そうな顔で問うてくる。

「ああ。ちょっとぼんやりしただけだ。体調は問題ないから安心してくれ」

なんとか納得してもらわねばと小野上は一段と元気そうな声を出し、笑顔を作った。

「少しでもいつもと違うことがあったら言えよ？　無理だけはするな。せっかく助かった命なんだから」

諭す口調になる新城の思いやりが痛いほどに伝わってくる。

「ああ。わかってる。でも助かった命だからこそ、すぐに役立てたいんだ。捜査に」

それもわかってほしい。思いを胸に告げた小野上に新城が、

「お前はそういう奴だよな」

とハンドルを握りながら苦笑する。

「だからといって、体調に問題がありそうだったら即刻、病院に戻すからな。俺はお前以上にお前の命が大切なんだ」

「俺以上にってなんだよ」

思わず噴き出した小野上を新城が、

「本当だぞ」

と横目で睨む。

「ありがたいよ。友情に感謝だな」

照れからついふざけてしまった小野上に対し、新城はどこまでも真面目に言葉を足した。

「本気だぞ。お前は自分を大事にしない傾向があるからな」

「それはお前もだろ。無茶な捜査をする回数は俺以上のはずだけど」

「『以上』はないだろう。回数は一緒のはずだぞ。『相棒』なんだから」

「違いない」

お互い噴き出してしまいながらも小野上は、得がたい友にして同僚とこうして共に過ごすことができる日常に改めて感謝の気持ちを抱いた。

「ああ、そうだ」

と、ここで新城が、何か思い出した声を出す。

「なに？」

「捜査が手詰まりになったことで上層部が動いたらしく、なんと、今日からＦＢＩの捜査官が加わるそうだ」

「ＦＢＩ？　マジか」

ドラマかよ、と驚きの声を上げた小野上に、新城が複雑そうな表情で言葉を続ける。

「プロファイラーだそうだ。心理捜査官。こうも毎度出し抜かれると警察の情報が組織に漏洩しているとしか思えないということで、警察内にいる内通者をあぶり出す目的だそうだ。身内を疑わないといけないというのはなんとも複雑な思いがするよな」

「確かに……」

警察内に人身売買組織に通じている者がいるなど、信じたくはない。頷いた小野上だったが、そのＦＢＩから来たプロファイラーに仰天することになろうとは、未来を見通す力のない彼にわかろうはずもなかった。

3

「大丈夫か」

運転席から新城が心配そうに問いかけてくる。

「……ああ」

頷きはしたが小野上はとても『大丈夫』といえるような状態ではなかった。

晴海埠頭の爆破された倉庫を目の当《ま》たりにし、動揺せずにはいられなかった。あの日、目にしたものは何もかも、なくなっていた。大勢の人間が亡くなったことを物語る供えられた大量の花束を見た瞬間、小野上の涙腺は崩壊し、嗚咽を堪えることができなくなった。

両手に顔を伏せた小野上の肩に、新城の腕が回る。力強いその感触はおそらく、自分と思いが同じであるその証だろうと思うとようやく気持ちも落ち着いてきて、それで晴海埠頭を離れることができたのだった、と小野上は運転席の新城を見やった。

「……一日も早く、逮捕する。これ以上、被害者を出すものか」

「そうだな」

力強く頷いた新城に、やはり思いは同じだったか、と頼もしい気持ちを抱きつつ、小野上はそんな親友にして相棒でもある新城と共に警視庁へと向かった。

「死にかけておきながら復帰だと？」

今西係長は否定的だったが、ここで有効となったのが新城がもらっておこうと言ってくれた医師の診断書だった。

「医師が健康と判断しているのなら仕方がないな……」

今西が渋々といった様子で頷いたそのとき、

「皆、集まってくれ」

という斉藤《さいとう》捜査一課長の声がフロアに響き渡った。

「例のプロファイラーだろう」

ＦＢＩの、と耳打ちしてきた新城に頷き、捜査一課長の声のほうへと視線を向けた小野上は、視界に飛び込んできた人物に驚いたせいで大声を上げてしまったのだった。

「ま、魔王？」

「ちょ……っ。お前、何言ってるんだ」

室内にいた大勢の人間が、小野上の上げた大声に驚き振り返る。横にいた新城がぎょっとして、手で小野上の口を塞《ふさ》ぎ、周囲には、

「すみません、まだ本調子じゃないようで」

と小野上のかわりに頭を下げた。

「小野上、もう出てきたのか？　無理するなよ」

斉藤課長が心配そうに声をかけてきたあと、視線を彼の背後に立っていた男へと向ける。

「さきほど話した、奇跡的に一命を取り留めた捜査員です。爆破の現場にいた中で彼だけが無傷だったという」

「強運の持ち主ですね」

課長の言葉を聞き、『その人物』が口を開く。

「……っ」

寸分違《たが》わぬその声。そして顔。服装は違うが、やはりこの男は――と、小野上がまじまじと見つめる中、課長の紹介する声が響く。

「今日から捜査に協力してくださるミスター・ランブロウだ。ＦＢＩでプロファイラーをされている。ミスター・ランブロウ、ひとことお願いできますか？」

課長の言葉に微笑み頷いた彼が、周囲を見渡したあとに口を開く。

「はじめまして。事件の早期解決のためにＦＢＩから来ました。私のことはリチャードと呼んでください」

バリトンの美声。そして整いすぎているといっていい容貌。何よりその髪。艶やかな黒髪は腰までの長さがある。

着用しているのはマントではなく、いかにも仕立てのよさそうなスーツだし、髪型もよく見ると裾のカールはなくストレートだが、この顔この声そしてこの髪、間違いなく魔王では？

気づけば小野上は食い入るように、リチャードと名乗った男を見つめてしまっていた。視線を感じたのか、リチャードもまた、小野上を見返す。

二人の目が合った瞬間、リチャードがふっと微笑んだのを見て、やはり彼は、と小野上は息を呑んだのだが、リチャードはすっと目を逸らせ、課長の耳元に何かを囁《ささや》いた。

なんだ？　と眉を顰め、二人を見守っていた小野上だったが、不意に斉藤の視線が自分へと向けられたと同時に、

「小野上」

と名を呼ばれ、一気に緊張が増すこととなった。

「は、はいっ」

挙動不審だから病院に戻れと言われるのではと案じたのだが、続く斉藤の言葉にはまた、『挙動不審』どころではない大きな声を上げてしまった。

「ミスター・ランブロウの世話係を頼む。捜査についての説明は勿論、生活面全般について。ご本人の希望で宿泊場所はホテルではなく警察の寮となったから。お前も寮住まいだったな」

「せ、世話係⁉」

「おいっ」

素《す》っ頓狂《とんきょう》な声を上げてしまったが、またも横にいた新城が慌てて口を塞いできたため、

小野上は自分を取り戻すことができた。

「し、失礼しました」

慌てて詫びた小野上に、斉藤課長が任命の理由を述べ始める。

「ランブロウ氏がお前から、爆破に巻き込まれたときの話を詳しく聞きたいそうだ。すぐの現場復帰は体調面で問題があろうという配慮をしてくださったんだ。感謝しろよ」

「あ……ありがとうございます……」

課長の言葉に逆らえる筈《はず》もなく、小野上は頭を下げたのだが、やはり違和感を覚えないではいられず、ＦＢＩから来たという男を——リチャード・ランブロウの顔を凝視してしまった。

「よろしく。リチャードだ。君の名は確かマサ……言いづらいな」

男が——魔王そっくりのリチャードが苦笑するのに、

「『小野上』も呼びづらそうですね」

と斉藤課長が笑い、その場にいた皆もそれを聞いて笑う。

「なんと呼んでくださってもかまいませんよ。なあ、小野上」

課長の呼びかけに小野上は、

「はあ」

と頷いたが、それを聞いたリチャードが嬉しげに笑い告げた言葉には、また驚いたせいで大声を上げそうになった。

「それではマリーンと。彼の名前の漢字は音読みにすれば『マリン』となるのですね」

「……っ」

『マリーン』――それは確か魔王が言っていた自分の前々々々世の名ではなかったか。

ということはやはり彼は、と見やった先で、リチャードがにっこりと微笑みかけてくる。

「よろしく。マリーン。早速だが君が巻き込まれた倉庫の爆破について聞きたい。直前に行《おこな》っていた捜査についても。私の部屋に来てもらえるかな？」

「…………は……い」

行くと後悔するのは間違いない。刑事の勘が警鐘を鳴らしていたが、リチャードの言葉に従わないことは即ち、彼の世話係を命じた捜査一課長の命令をも無視することになる。さすがにそれはできない、と小野上は腹を括《くく》ると、改めて、

「よろしくお願いいたします」

とリチャードに頭を下げた。

「よろしく」

微笑み返すとリチャードは、こちらへ、というように顎をしゃくり、踵を返した。仕方なく彼のあとに続こうとした小野上に、横から新城が心配そうに声をかけてくる。

「大丈夫か？　顔色悪いぞ」

「大丈夫だ。英語に自信ないってだけで」

誰も突っ込まないが、リチャードは流暢な日本語を話している。それどころか漢字の音読み訓読みまで理解している。『流暢』かつ『堪能』なのだろうが、そんな人間はＦＢＩにはごろごろいるというのだろうか。

なんとも違和感がある。だいたい、なぜ誰も彼の外見について突っ込まないのか。腰まである長髪は、マント姿の魔王を見たときにはファンタジーの世界の住人のようだと思ったものだが、スーツを着用している姿は違和感なんてもんじゃない。

ごく当たり前のように受け入れられていることがまず不思議だ。それこそ皆、魔法だか魔術だかをかけられたようじゃないか。

そもそも、ＦＢＩの捜査官が来るなんて話、こうも唐突に出るものなのだろうか。疑問を覚えながらもリチャードに続いてフロアを突っ切り、少し離れたところにある彼のために用意されたと思しき小さめの会議室へと向かった。

移動中、一言も喋らなかったリチャードだったが、部屋に入った途端、バッという音が聞こえるほどの勢いで振り返ったかと思うと、ある意味、小野上にとって予想どおりの言葉を告げた。

「どうだ？　これでお前とは『面識』ができた。こうして愛を育んでいけばいいのだろう？」

「……やっぱり……お前か」

溜め息と共にそう告げた小野上の前で、リチャード――否、魔王が嬉しげな顔になる。

「私とわかっていたのか。これは脈があるな」

「いや、ないから」

即答した小野上の言葉を聞き、魔王は心外だというように言い返してきた。

「何が不満なのだ。お前の希望はすべて通しているというのに」

「どこがだ。俺は一刻も早く捜査に戻りたいんだよ」

「戻っているではないか」

「戻ってない。お前の世話係を任されただけじゃないか」

「そのくらいはいいだろう。そもそも私はお前と面識をもつためにこの世界に留まることにしたのだ。お前も多少の譲歩はすべきだ」

「なんで俺が譲歩するんだよ」

「命を助けたのは誰だか、もう忘れたのか」

「……っ」

魔王にそう言われ、小野上は何も言えなくなった。

「私の譲歩はそれだけではない。宣言したとおり、魔力は使っていない。お前の心を読むことも、もうしていない。どうだ？　満足だろう？」

「………どう、と言われても……」

なんと答えればいいのか。正直、小野上は戸惑うしかなかった。

「言われても?」

魔王が一歩小野上へと踏み出し、問いかけてくる。

黒曜石のごとき黒い瞳が煌《きら》めく。思わず魅入られそうになり、小野上は慌てて魔王から目を逸らせた。

「こうして共に過ごせばきっとお前も私を愛するようになる」

「そうとは限らない」

「限る」

きっぱりと言い切った魔王が手を伸ばし、小野上の頬に触れる。

「……っ」

冷たい指先。やはり人間のものではない、と身を硬くした小野上を魔王がじっと見つめてくる。

「マリーン」

「……俺はマリーンじゃない。小野上真倫だ」

また、瞳に魅入られそうになり、小野上は慌てて目を逸らせた。

「まあいい。これからはお前と共に過ごそう。朝から夜まで。お互いを知ることができるように」

「ちょっと待ってくれ」

一方的に決められては困る、と言おうとした小野上に向かい、身を乗り出してきた魔王がじっと目を見つめてくる。

「これ以上の譲歩はできない。何か問題があるか？」

「問題ばかりだ。なんで朝から晩まで？」

「住居が同じなのだ。問題なかろう」

「……………いや……」

問題だらけだと思う、と言おうとした小野上に魔王が憮然として言い放つ。

「お前は要求ばかりだ。何が不満か言ってもらおう。その不満が正当だと思えなければ却下させてもらう」

「……魔力は使わないんじゃなかったのか？」

「え？」

魔王がここで驚いたような声を上げる。

「皆がお前をＦＢＩの捜査官と信じている。そこに魔力を使ったんだろう？」

「当然だ。使わなければ私はこの世界に留まれない。そのくらいは許容範囲だろう」

「許容範囲をお前が決めるな」

反論できるとしたらここしかない。それでそう告げた小野上を前に、魔王がむっとした顔になる。

「使っていないだろう。お前には」

「他の人には使っている」

「だからそれはこの世界に馴染《なじ》むためだと説明しただろうが」

胸を張る魔王はどうやら、小野上以外には魔力を使って当然と思っている節がある。違うだろう、と小野上は魔王を睨んだ。

「魔力は使わないと言ったはずだ」

「……むぅ」

小野上の指摘に魔王は唸《うな》ったあとに、溜め息を漏らし肩を竦めた。

「まったく。お前は文句ばかり言う。マリーンとは雲泥の差だ」

「別人だからな」

前々々々々世だろうが、『自分』ではない。それでそう返したというのに、魔王は小野上の言葉を聞いた途端、はっとした顔になった。

「別人……」

ぼそ、と呟いた彼の顔はどこか傷ついているように見え、声音《こわね》も力がないように感じた。

そんな魔王の姿を前にする小野上の胸に、罪悪感としかいいようのない感情が芽生えてくる。

いや待て。なぜ罪悪感を覚える必要がある？　ほだされてどうする、と己に突っ込みを入れていた小野上の前で魔王がすっと顔を上げた。

「わかった。そこまで言うならこの世界にいる間、私は魔力を封じよう。それでいいな？」

「え？　あ、ああ」

話はどうやら魔力に戻ったようだ。『別人』の部分がなかったことにされているのを感じながらも、魔王の『魔力は使わない』宣言に、小野上は安堵を覚えていた。

『魔力』というのがどういったものか、正直わかってはいない。だが死にかけた小野上の命を救い、他人の心を自在に読み、そしてＦＢＩの人間になりすまし、警視庁に潜入できる『力』であることは間違いない。

その上、魔力で人の気持ちを容易に変えられるという。下手をすれば勝手に彼を愛する気持ちを植え付けられ、魔界とかいう彼の世界に連れていかれてしまったかもしれないと思うと、魔力を使わない約束を取り付けたことは我が身のためになったのではないか、と小野上は密《ひそ》かに安堵した。

「魔力など使わずとも、お前の愛を得てみせる」

魔王がニッと笑い、小野上の目を覗《のぞ》き込む。

「……っ」

またも魅入られそうになり、小野上は慌てて目を逸らせると、

「それなら……っ！　仕事をしてもらわないと困る」

と話題を敢えて変えた。

「仕事？」

「ＦＢＩのプロファイラーとして来ているんだろう？　プロファイリングをしてもらおうじゃないか」

「プロファイリング……とはなんだ？」

「え」

まさかのリアクションに小野上は声を失った。

「……わからないで扮したのか？」

「一日中お前の傍にいるのに適した職業を選んだだけだ」

ごく当然のように告げる魔王を前に、小野上はますます愕然としたが、こうしてはいられない、と我に返った。

「ともかく、一旦寮に行こう。ここにいればいつ何時、捜査要請がくるかわからない。体調不良でもなんでもいいから理由をつけて寮で話そう」

捜査会議で意見を求められるのは必至。そのときに『プロファイラーとはなんなのだ』などと言われたら大変なことになる。

よく考えれば『大変なことになる』のは魔王で、自分には害が及ばないことに、小野上はまるで気づいていなかった。

「お前が体調不良ということにすればいいではないか」

嫌だ、と思ったが、それ以上に怪しまれずに寮に帰れる理由はないかと察した小野上は、不承不承頷いた。

「……わかった」

「わかればいい。早く連絡をしたらどうだ？」

「…………」

非常に腹立たしい。が、今はそれどころではない。

「待ってろ」

部屋を出ようとした小野上の耳に、実に満足げな魔王の声が響く。

「そうも私のことを思いやってくれるとは。既に愛しているのではないか？」

「いや愛してないから」

思わず振り返り、即答した小野上を見つめる魔王の表情が一瞬曇ったように見える。傷ついているかのようにも見え、いたたまれなさから小野上は意識的に目を逸らし、ドアノブに手をかけた。

「…………」

何も言われたわけではない。が、何か聞こえたような気がして、小野上は部屋を出るとき、肩越しに室内を振り返った。

が、魔王は俯いたままで声をかけてきた気配はなかった。なんとなく気になりはしたが、ともかく係長のところに急がねば、と気持ちを切り換えドアを閉めた。

今西には、リチャードはどうやら自分の体調を案じてくれたらしく、寮で休みたいと言っていると伝えた。嘘が苦手な上、係長を騙《だま》せる気がしなかったので、嘘と本当、ギリギリのところを告げたのだが、今西は訝《いぶか》しがることなく「そうか」とすぐ納得してくれた。

「ランブロウ氏も来日したばかりだし、二人して今日は休むといい。日本は初めてということだから色々教えてやってくれ」

「わかりました」

すみません、と心の中で謝罪をし、小野上は急いで魔王の部屋へと戻った。

「さて、我々の住処《すみか》に行くとしよう」

魔王はすっかり元気を取り戻していた。

「お、おう」

元気がなかった、というのは気のせいだったのだろうか。立ち直りが早すぎるだろうと呆《あき》れながらも、どこかほっとする気持ちになる自分に首を傾げつつ、小野上は魔王を連れて自分も住む警察の寮へと向かった。

運転は小野上が行った。魔王は車に乗ったことがないようで、車の前に立ち尽くしていたのを、後部シートのドアを開き、乗ってほしいと告げると、物珍しそうな顔をして乗り込んできた挙げ句、

「狭いな」

と文句を言った。

「お前の世界での移動手段はなんなんだ？」

マント姿を思い出し、馬車とかだろうかと予測して尋ねると、

「手段などない」

という答えが返ってきた。

「え？」

「行きたいと望むだけだ」

「ああ……魔力か」

そういえば自分の前に現れたときも唐突だった。魔力というのは便利なものだ。使いこなせたらどれほど便利なことだろう。

羨望を覚えていた小野上だったが、魔王にとっての『魔力』がどのような意味を持つものかということはまだ理解できていなかった。

寮監には話がとおっており、すぐにリチャードのために用意された部屋に案内してくれた。

「荷物はこれから届くとのことでしたよね」

リチャードの部屋はいわゆるゲストルームで、小野上の部屋より断然広く、ベッドも大きいというのに、魔王は寮監が出て行くとすぐ、

「ここはなんだ」

と問うてきた。

「なんだ……とは？」

「玄関か？」

「いや、お前の部屋だ」

「部屋。ここが」

狭い、と目を見開いた魔王に、小野上のほうが驚いてしまい、

「狭いか？」

と問い返してしまった。

「狭くないのか？」

今度は魔王が唖然とした顔になる。

「寮の中では広いほうだ。それに専用のトイレとシャワールームがついている。充分贅沢だと思うが」

「…………トイレにシャワー……」

戸惑った顔になった魔王に、逆に小野上は驚き、

「使わないのか？」

と眉を顰め、問いかけた。

「排泄はしないのか？」

「ああ」

「身体を洗ったりは？」

「清潔さを保つ魔法がある……あ」

ここで魔王が、はっとした顔になる。

「魔力は使わないのだったな」

「……あ、ああ」

「それは困った」

魔王は今、常に堂々としていた彼にしては珍しく、言葉どおりの途方に暮れた表情をしていた。

「魔力が使えないとなると、人間のように暮らさねばならないということか。なんたる不便。そのシャワーというのも浴びねばならぬし、食事もとらねばならない」

「え？　食事もしないのか？」

「空腹を覚えない魔法を使えばよい。勿論、気分によっては食事もするし酒も楽しむが

……」

あくまでも趣味だ、と言葉を続けたあとに、また、はっと何か気づいた顔になった。

「よい考えがある。ライカ！　ライカはおるな？」

「勿論控えております」

不意に小野上の耳に、凛《りん》と響くテノールが届いたかと思うと目の前に閃光が走り、眩しさに目を閉じた。

「ライカ、お前に命じる」

「仰せのままに」

ようやく目を開くことができた小野上の視界に飛び込んできたのは、白髪に近いプラチナブロンドの美しい青年だった。

彼の髪も背中まである。百七十六センチの自分と身長は同じくらいか。線の細い印象を受けるものの、顔立ちはまるで希臘《ギリシア》の彫像のように整っていた。

彼が『ライカ』か。ライカといって思い出すのはカメラ。いや、今はそんな場合ではなくて、と小野上は男を見やった。男もまた小野上に視線を向ける。

「はじめまして。従者のライカです。いや、本当にそっくりですね。声まで似ていらっしゃる。この世界の警察というのはあの当時の騎士団と役割は似ているといえないこともありません。ご主人様もさぞお喜びでしょう」

「あ……あの……」

美しい紫の瞳の煌めきに目を奪われる。このキラキラした男は『従者』と名乗った。つまりはどういった人物なのか。

召使い的な？　と首を傾げていた小野上の前で、魔王がライカに声をかける。

「私は魔力を使わぬと決めた。それでお前を呼んだのだ」

「わかっております。身の回りのお世話をお望みですね」

にっこり、とライカが微笑み、頷いてみせる。

「えっ？」

それは一体、と問おうとした小野上の目の前で、魔王がライカに命じた。

「『プロファイラー』の知識を我に与えよ」

「かしこまりました。今後ご主人様がかかわられるであろう事件の概要もあわせ奉呈いたします」

ライカが畏《かしこ》まってそう告げたかと思うと、魔王に向かい右掌を翳《かざ》す。

「……っ」

ライカの掌が発光し、その光が魔王へと向かっていく。

「ご苦労」

ニッと笑った魔王に対し、ライカが恭《うやうや》しく頭を下げる。

「他にご用は」

「そうだな……」

ライカの問いに魔王が少し考える素振りをする。

「おそれながらこの部屋はご主人様には相応しくありません。整えさせていただいてもよろしいでしょうか」

ライカの申し出に魔王は、

「好きにするといい」

と肩を竦めた。

「ありがとうございます」

ライカが頭を下げたかと思うと、周囲に右掌を翳す。

「な……っ」

小野上が思わず驚きの声を上げてしまったのは、室内が一瞬歪んだあと、周囲の壁が十数メートル、それぞれに広がったからだった。

室内の調度品もがらりと変わっている。ベッドは天蓋《てんがい》付き、テーブルは大理石、明かりはシャンデリア、と、ここは宮殿か貴族の館か――どちらも小野上は実際見たことも行ったこともなかったが、簡素な雰囲気の元の部屋とは雲泥の差の豪華さだ、とあんぐりと口を開けてしまう。

「いかがでしょう」

「我が城そのものだな。満足だ」

「それはようございました」

言葉どおり満足そうに頷いた魔王を前にし、ライカが達成感溢れる顔になる。

「ちょ、ちょっと待ってくれ。なんなんだ、これは」

部屋が広くなり、建物自体に影響を及ぼしているのではないかと案じていた小野上に、ライカがにっこりと微笑んでみせる。

「ご心配には及びません。ここはいわば異空間。人間の目には今までどおりの部屋として映る仕様になっております」

「……っ」

彼も心を読むのか、と驚いたあとには怒りが込み上げてきて、小野上はライカを睨んだ。

「ライカ、彼には心を読むなと言われている」

横から魔王がそう告げるのに、

「私は言われておりませんので」

とライカがしれっと答える。

「読まないでくれ」

それなら言おう、と小野上が言い放つとライカは、さも心外だというように目を見開いた。

「なぜ私があなたの命令に従わねばならないのです」

「な……っ」

まさかの返しに小野上が絶句している間に、ライカは満面の笑みを魔王に向けた。

「それではご主人様、ご用がありましたらお呼びください。いつでもお傍におりますので」

そして一礼したかと思うと、彼の姿はその場から忽然《こつぜん》と消えた。

「えっ？」

突然現れたときにも充分驚いたが、存在が目の前から消えたことにも驚かずにはいられず、小野上は一瞬絶句した。が、次の瞬間には魔王の魂胆に気づき、怒りの声を上げる。

「お前が魔力を使わなくても、お前の部下が使うんだったら一緒だろうがっ」

「部下ではない。従者だ。先代の魔王のときからのな」

「先代……って、お前より年上ってことか？」

魔王の年齢は見たところ自分より少し上に見えるが、ライカは同じくらいかと思っていた。驚いた小野上だったが、すぐに魔王が『恋人』と言っていたのが自分の前々々々々世だと言っていたことを思い出した。

「ちょっと待て。彼は何歳なんだ？」

何百歳だというのだ、と問いかけた小野上は、帰ってきた魔王の答えに仰天し、大声を上げてしまった。

「さあ。二千か三千か……本人に聞いてみたらどうだ？」

「二千……か三千⁉」

紀元前の世界だ、と驚く小野上を見て逆に魔王が驚いてみせる。

「一万歳くらいかと思っていたのか？　さすがに一万年は生きていないと思うが」

「い、一万……っ」

最早、何時代と認識すらできない。縄文とか弥生か？　声を失っていた小野上の前で魔王は相変わらず不思議そうな顔をしている。

もう、理解を超えている。そもそも『魔王』という存在が理解を超えるものだということに気づく余裕すらなくしていた小野上だったが、このあとには更に彼を驚かせる状況が待ち受けていたのだった。

4

翌日、小野上は抱えきれないほどの不安を胸に、魔王を連れ職場へと向かった。

「朝一番に打合せが入っていたな」

魔王は昨日とは違う上質のスーツを身につけていた。艶やかな黒髪に乱れはなく、まさに輝くばかりの美貌を誇っている。

彼が身支度を整える際、小野上は魔王の部屋にいた。そろそろ出勤しないと、という時間になったため迎えに行ったのだが、そのとき彼の支度を目の当たりにした。

「ライカ」

「は」

魔王がしたのは部下――ではなく『従者』の名を呼ぶことのみだった。ライカが空間から姿を現したかと思うと魔王に右手を翳す。

それで完了だった。それまでガウンのようなものを着ていた魔王をスーツに着替えさせ、髪を一筋の乱れもないよう整える。

「ご苦労」

「いつでもお呼びください」

恭しげに頭を下げ、ライカが姿を消す。

「行くか」

「あの……」

皆の前でライカを呼んではならないと、伝えておいたほうがいいだろうか。さすがにそのくらいはわかっているか。

いや、待て。彼にとっては魔力を使うことは『当たり前』のようだ。となるとやはり、一応、注意しておくか。

「なんだ？」

「他の皆の前でライカさんを呼び出すのはやめてほしいんだが」

「なぜだ？」

心外そうに問いかけてきた魔王を見て、本当に釘を刺すことを思いついてよかった、と小野上は心の底から安堵した。

「いきなり空間から誰かが現れたら人間は驚く」

「ああ、それなら案ずるな。ライカは人間に姿を見られるようなヘマはしない。昨日言っただろう？　彼は何千年も生きているのだ。あれほど頼りになる者はいない」

「畏《おそ》れ多いお言葉、いたみいります」

次の瞬間、姿を現し恭しげに頭を下げてきたライカを見てぎょっとした小野上だったが、そのライカに、

「もし、あなたの目にも見えないようにしてほしいというのならそうしますよ」

と軽蔑しきった顔で言われては言い返さずにはいられなくなった。

「本当に他の人間には見えていないんだな？」

「当然です。それがご主人様のお望みですから」

胸を張ったあと、ライカは忽然と姿を消した。

「……俺の目にも見えなくなったのか？」

そういうことなんだろうか、と問いかけた小野上に、魔王が答えを与える。

「お前が望み、そして私が命ずればライカはそうするだろう。だが私は命じない。ライカとお前の仲を取り持ちたいからな。今はライカがお前の相手をする気がなくなったから消えたのだ」

「……俺としては、問題は起こさないでほしいと、そう祈るのみだ」

こちらも願い下げだ、と心の中で悪態をつきつつ言い返した小野上に、魔王がニッと笑ってみせる。

「問題など起こるはずがない。ライカを甘く見ないほうがいいぞ」

甘く見ているわけではないが、彼のいうことを鵜呑《うの》みにもできない、と眉を顰める小野上

に魔王は、

「お前も難儀だな」

と肩を竦めるとすぐ、「行こう」と前を歩き始めた。

「難儀ってどういうことだ」

「信じる者は救われるということだ」

魔王の言葉に反発を覚えつつも、救われるものなら救われたい、と更なる悪態を胸に、小野上は彼のあとに続き警視庁へと向かった。

朝一番で捜査会議が開催されたが、百名近い参加者は前方の席、捜査一課長と管理官と並んで座る魔王――ならぬ、ＦＢＩのプロファイラー、リチャードの存在に緊張を高めていた。

「犯人像を探るってよりは、我々の中に犯罪者がいないかを探すため、というのが知れ渡っているからな。発言一つにも気を遣わなければならないと皆、戦々恐々だ」

小野上はいつものように新城の隣に座ったのだが、新城が囁いてくるのに、緊張感はそういうことか、と納得した。

「捜査の情報を共有しているのは捜査会議の出席者か、もしくは報告を受ける上層部――だが、上層部については公安の調査が入っているという噂だ。ＦＢＩの彼は会議出席者担当のようだな」

「さすが、詳しいな」

新城はもともと情報に聡《さと》い。上司のみならず、同窓のお偉方にも可愛がられているからで、それについて陰口を叩く者もいるが、新城本人はそんなやっかみを相手にしないばかりか、求められれば普段陰口を叩いている人間にも得た情報を共有してやるという器の大きさを持ち合わせており、そうしたところを小野上は心から尊敬していた。

「今西係長から聞いたのさ。昨日、お前が帰ったあとで」

新城はそう笑ったあとに、声を潜め小野上に問いかけてきた。

「リチャードだっけ？　彼の印象は？　どんな話をした？」

「ええと……」

小野上はなんと答えればいいのか、瞬時迷った。当然ながら正直に明かすことはできない。とはいえ、作り話をするのも気が引ける。

「寮ではすぐ休めと言われたのでほとんど話はしていないというか……」

実は彼は魔王だとか、ライカという従者が魔法で知識を与えたとか、真実を告げたほうが逆にふざけていると思われそうである。物理的に知り得るチャンスがなかったことにしよう、となんとか答えを捻《ひね》り出した小野上の顔を新城が覗き込んでくる。

「体調、どうだ？」

「ああ、大丈夫だ。あ、リチャードが話すみたいだ」

有能さでは群を抜いている上、共に過ごす時間も長いので、嘘を見破られる危険がある。

それで小野上は新城の視線を他に向けさせるべく、リチャードへと注意を促した。

「今までの捜査状況の説明を受けましたが、確かに裏をかかれるケースが多いのは気になります。ただ、だからといって一〇〇パーセント内通者がいるとは限りません。誤解を恐れず言えば、裏をかかれて当然という単純な布陣です」

ざわ、と会議室内がどよめく。一瞬にして敵意が満ちた室内でも、魔王はどこまでも堂々としていた。

「私への要請は内通者の発見でしたが、捜査自体にもかかわらせていただきたいと考えています」

「よろしくお願いします」

斉藤捜査一課長が頭を下げるのに、笑みで答える。未だに室内はざわついていたが、リチャードの凛とした声が響いた。

「先日の倉庫爆破でもわかるとおり、この組織は手足を容赦なく切り捨てる。日本人には珍しいほど非情だ。外国人の——例えば大陸マフィアなどの介入についても捜査の必要があるのではと思いますが、どうですか、斉藤さん」

「…………」

昨日まで『プロファイルとはなんだ』と言っていたのと同じ人間——『人間』ではないが——とは思えない。唖然としていた小野上に新城が囁いてくる。

「さすがFBIだ。大陸マフィアとは。可能性はありそうだよな」

「そ……うだよな」

相槌を打ちながらも小野上は、魔王の変貌ぶりへの驚愕《きょうがく》から未だ覚めずにいた。

「加えて、行方不明になっている少年少女たちの、行方不明になる直前の動向についての捜査をより綿密に行うこと。必ずそれぞれを繋ぐ糸が見出せるはずだ。それを利用し逆に罠《わな》を仕掛けるくらいのことはできないだろうか。餌が未成年者では難しいかな、斉藤課長」

「そうですね……そのあたりについても相談させてもらえますか。捜査はずっと後手後手に回ってしまっていますから。積極的に仕掛ける必要があるやもしれません」

斉藤の顔を見れば彼が魔王に信頼を寄せているのがわかった。今や会議室内はしんとなり、刑事たちの熱い眼差しが魔王に向かっているのがわかる。

カリスマ。その言葉がこれほど相応《ふさわ》しい相手はいないだろう。一瞬にして皆の心を捉えてしまったのは魔力か。それとも人となりか。

いや、人じゃないし。心の中で呟きつつも、気づけば魔王を凝視してしまっていた小野上は、その魔王の視線が自分に向けられたことで我に返った。

「マリーンの説明は実に役に立った。彼の体調が戻るまでは引き続きアシスタントをお願いしたいと思うのだが、どうですか、課長」

「それはもちろん。小野上にとってもいい勉強になるでしょう」

一も二もなく、といった様子で斉藤が頷き、視線を小野上へと向ける。

「役に立てるよう、尽力しろよ」

「は、はい……っ」

捜査に戻る日がまた遠くなった。溜め息をつきたくなる気持ちを堪え、小野上は立ち上がり、敬礼した。

「立たなくてもいいですよ」

魔王が苦笑したのにあわせ、周囲も笑い、室内は明るい笑い声に包まれた。

恥ずかしい、と頬に血が上るのを感じながら着席した小野上に、横から新城が囁いてくる。

「どんまい。お前とペアを組めるのが先になるのは残念だが、まずは身体を労《いたわ》れ」

「もう本調子だよ。一日も早く現場復帰したいんだ」

「俺に言われてもな……」

新城が肩を竦める。

「……だよな」

捜査一課長からの指示が下ったのだ。従う以外に道はない。もしやこの指示も『魔力』によるものか。溜め息を漏らした小野上の頭の中にライカの声が響く。

『失敬な。ご主人様も私も魔力など使っていない。なんでも魔法で片付けないでもらいたいものですね』

「……え？」

「どうした？」

つい、声を漏らしてしまったからか、新城が驚いたように問いかけてくる。

「いや、なんでもない」

慌ててフォローをしつつ、小野上は改めて前方に座る魔王を見やった。小野《おの》管理官や斉藤課長と何かを小声で話している彼は魔力を使っていないという。

『当たり前です。そもそもあなたが封じたのでしょうに』

またも頭の中でライカの声が響いたが、今回はなんとか、声を漏らさずにすんだ。

「………」

そうなのか。

魔力を使わずとも、室内にいる百名近い人間の心を捉えることができる求心力。魔王というのはどういう存在なのか、考えたことがなかったが『王』とつくからには物凄《ものすご》く能力が高いとか、物凄く役職が高いとか、そういう特徴があるということなんだろうか。

『今頃気づいたんですか。あなたは本当に愚かですね』

またも頭の中でライカの声が響く。ムッとはしたが、確かに指摘どおりだと罵倒を甘んじて受け入れていた小野上に、ライカが罵倒を重ねてきた。

『殊勝にしてみせても遅いんですよ』

「………」

ライカにはとことん、嫌われているようだ。しかしお互い様だから別に構わないけれども。

この思考も読まれるんだろうと小野上は心の中で呟くと、それにしても、と前方の魔王へと再び視線を向けた。

彼の力を借りれば、人身売買組織の壊滅も実現するのではないか。

ちらとその考えが小野上の頭を掠める。と、そのときリチャードの視線が不意に小野上に向けられたかと思うと、指示が与えられた。

「それでは早速、マリーンのところに過去行方不明になった少年少女たちの情報を提出してください。その際、報告書に書く必要がないと判断したこともすべて、追記してください。必要か否かは私が判断します」

「わかりました。小野上、集まった情報を集計し、リチャードに提出するように」

「はいっ」

返事をした小野上に、魔王が笑いかけてくる。

「それではマリーン、早速執務室に来てくれ。情報を整理しよう」

「わ、わかりました」

返事をし、魔王が立ち上がったのに倣い、小野上も席を立った。

「くさらず頑張れ」

潜めた声でエールを送ってくれた新城に、ありがとう、と頷くと、会議室を出ようとしている魔王に続き、後ろのドアから会議室を出た。

既に前方のドアから廊下に出ていた魔王が小野上に声をかけてくる。

「どうだ？　案ずる必要はなかっただろう？」

「ああ。完璧だった」

賞賛せずにはいられないほどだ。頷いた小野上に魔王が笑顔のまま問いを重ねてくる。

「愛するようになったか」

「いや、それは……」

その質問で我に返ることができた、と小野上はブルッと身を震わせた。

「なんだ、まだか」

魔王は落胆してみせたが、すぐ、強気としか表現し得ない顔となると、

「間もなくであろう」

と自信満々な言葉を口にし、彼のために用意された執務室へと向かっていった。

「………」

あの自信はどこから生じているのだろう。呆れながらも彼のあとに続いた小野上だったが、すぐに各所から提出される情報の多さに悲鳴を上げることとなった。

今まで行方不明になった少年少女は五十名近くいた。そのすべての捜査情報が一時《いちどき》に集ま

ってきた。

整理し、共通項を探し出す必要がある。どのように取り進めるかと迷っていた小野上に対し、魔王は、

「ライカを貸そうか？」

と提案して寄越した。

「私なら五秒で片付けます」

と、空間からライカが姿を現し、どうだ、というように小野上を見る。

「……自分でやる。情報の整理もしたいし」

何十倍——否、何百倍、何千倍時間がかかるが人任せにはできない、と答えた小野上にライカは、

「ご自由にどうぞ」

と言い放ったかと思うと、すっと右手を前方に翳した。

途端に小野上の目の前に、分厚いファイルが現れる。重力の法則で下へと落ちそうになるのを小野上は焦って両手で受け止めた。

「これは……？」

「時系列順に並べてあります。共通項と思しきものはカラー別にチェックを入れていますので」

ライカはツンと澄ましてそう言うと、そのまま姿を消した。

「え……？」

「なんだかんだいってライカは面倒見がいいのだ」

啞然としていた小野上に、魔王が笑いかけてくる。

「どうやらお前を気に入ったようだ。意外だったな」

「気に入った？　あれで？」

問い返しはしたが、ファイルを開いて見て小野上は驚かずにはいられなかった。

「これは……」

ライカが言ったとおり、誘拐された少年少女たちのデータをまとめたシートが発生順に並んでおり、データはそれぞれ、誘拐された場所、時間帯、シチュエーション、そして家族構成等、あらゆる角度から分析されていた。

「凄い……」

本当に五秒で作っている。しかもこんな緻密なものを。ページを捲《めく》る小野上の唇から感嘆の声が漏れる。

「ありがとう。非常に助かる」

既に姿は見えなかったが、小野上はライカに礼を言わずにはいられなかった。

『あなたのためにしたわけではありません』

頭の中で不機嫌極まりないライカの声が響いたが、そんな彼に小野上は尚も、

「ありがとう」

と礼を言うと、椅子に座りファイルを捲り始めた。

「退屈だ」

没頭している小野上の横で魔王が呟く。相手をしてやる気持ち的余裕はなく無視していると、やがて魔王が、

「ライカ」

と呼びかけたと同時に彼の気配がなくなった。

「………」

ファイルから顔を上げ室内を見渡すとやはり姿はない。拗《す》ねて姿を消したのか。ライカを呼んだのは『魔力を使わない』という約束を守っているからなのかもしれないが、従者に使わせていているのだから、『魔力を使わない』という約束には意味はない気がしないでもない。

しかしなんにせよ、正直いって助かった。一人のほうが集中できる、と、小野上はすぐファイルに視線を落とし、データを目で追い始めた。

五十人分の詳細極まりないデータを読み終わるにはかなりの時間を要した。データ分析もデータが精緻なものゆえ、試みようとするとあらゆるパターンが考えられることから、頭が混乱してくる。

小野上が自分なりに分析した結果、少なくとも誘拐の方法は三パターンあることがわかった。所謂《いわゆる》一本釣りというべき、容姿端麗な男女を用意周到に狙ったもの、次は行き当たりばったりとしか思えない状況で攫《さら》ったもの、そしてある程度いかがわしい職種で労働に就いていた学生たちがその職場から姿を消したもの。

最後のパターンは深追いができる。が、関与している暴力団はすべて壊滅状態にあった。まさにこの捜査はいたちごっこの連続で、警察が手がかりを見つけた次の瞬間にはその手がかりが消失する。今回の倉庫爆破がいい例だが、火消しの対応が迅速すぎるために、捜査関係者の中に内通者がいると見込まれているのだった。

小野上としては、仲間内に裏切り者などいてほしくなかった。警察官の中に正義の心を忘れ、悪魔に魂を売った人間がいるとは思いたくなかったのだが、こうして状況を列挙してみるとやはり、情報が漏洩しているのを否定できなくなった。

それは一体誰なのか。疑いたくはないが、疑わざるを得ない。やりきれなさからつい、溜め息をついてしまっていた小野上の耳に、唐突に魔王の声が響いた。

「疲れたのか」

「えっ？」

声のしたほうを振り返ったときには、いつの間にかその場に姿を現していた魔王に抱き締められていた。

「おいっ」

何をする、と抵抗しようとしても魔王の腕は緩まず、ニッと笑いかけてくる。

「疲れた顔をしている。癒してやろう」

そう言ったかと思うと魔王はやにわに顔を近づけ、小野上の唇を——奪った。

「……っ」

何をする、と顔を背けようとしたが、そのときには魔王の右手が小野上の顎を捉えていた。必死で両手を突っぱね、魔王から身体を離そうとしたが、魔王の力は強く、その腕から逃れることができない。

なんということだ。無抵抗でキスを許すなんて。心外だ、と憤るあまり、唇を塞がれたまま目を開き魔王を睨み上げると、魔王は目が合ったことを喜んでいるように、その美しい目を細め、微笑んで寄越した。

笑わせようと思ったわけじゃない、と、ますます反発を強め、なんとか魔王から逃れようとその胸を押しやる。

と、次の瞬間、魔王の腕が背中から解《ほど》かれ、唇を離した彼が小野上を見下ろし問いかけてきた。

「どうだ？　ずいぶんと疲れが癒えたのではないか？」

「癒えるわけが……っ」

ないだろう、と怒鳴りつけようとした小野上だったが、すぐ、今まで感じていた眼精疲労や肩凝りがすっかりなくなっていることに気づき、愕然とした。

「……え……？」

どうしたことか、と戸惑いの声を上げた小野上に、魔王が微笑みかけてくる。

「私の体液を与えたのだ。魔力ではないぞ。そうした機能が私の身には備わっている。私の体液は生物の細胞を活性化させることができるのだ。お前が死の淵から生き返ったのは私と交わったからだが、覚えていないか？」

「ま、交わった……？」

問い返したと同時に小野上の身体が不意にカッと火照った。

「えっ」

どうして、と戸惑いの声を上げた小野上の脳裏に、怒濤《どとう》のように映像が流れ込んでくる。

「な……っ」

一瞬、何が見えているかわかっていなかった。がすぐに、ベッドの上、全裸で絡み合う二人の男だと気づき、ぎょっとする。

広い背中。盛り上がる肩甲骨が長い黒髪の間から見える。希臘の彫像のような見事な肉体美を誇る男はおそらく、その髪から見ても魔王だとわかった。だが魔王が覆い被《かぶ》さっている男は誰なのか。

男たちの姿を小野上は宙に浮いた状態、いわば俯瞰として見ていた。ここで魔王と思しき男が身体を起こしたため、彼が覆い被さっていた男の顔が見えるようになる。

「……っ」

あれは——自分だ。

信じられない。なぜだ？　なぜ、自分は魔王に抱かれている？

魔王が『自分』の両脚を抱え上げ、露《あら》わにした後孔に猛《たけ》る雄を押し当てる。

『あぁ……っ』

勢いよく腰を進めてきた魔王に一気に貫かれ、『自分』の背が大きく仰《の》け反り、口からは高い声が漏れる。

なんて声だ、と顔を顰《しか》めたことでようやく自分を取り戻した小野上は、なんてものを見せるんだ、と魔王に抗議すべく彼へと視線を向けた。

「思い出したか？」

目が合うと魔王がにっこりと笑いかけてきた。

「思い出す？」

何を、と問いかけようとした小野上の耳に、高い喘《あえ》ぎが響く。

『あぁ……っ……あっ……あっ……あっ……あっ……あーっ』

「……っ」

あれは自分が発しているのか。なんていやらしげな声なんだ。男に抱かれた経験はないが、あんな声を上げるものなのだろうか。それ以前になぜ、自分は魔王に抱かれているのか。抱かれるわけがないじゃないか、と魔王を振り返り、怒鳴りつけようとしたとき、小野上の耳に一段と高く喘ぐ己の声が響いた。

『もっと……っ……もっと突いて……っ』

「な……っ」

AVの女優か、というような淫《みだ》らな喘ぎ声を自分が上げていることに動揺し、思わず再び幻——のはずの自分と魔王の姿を振り返った小野上の目に、魔王の背を両手両脚でしっかり抱き締め、自らも腰を揺らす己の姿が飛び込んでくる。

『きて……っ……きて……っ……もっと……おく……っ』

「奥ってなんだ‼」

羞恥から映像に向かい怒鳴りつけた小野上に、魔王の笑いを含んだ声が響く。

「可愛いおねだりだった。忘れたのか？」

「なわけがあるかっ」

小野上が大声を上げたとほぼ同時に、『幻』の小野上の喘ぎも一段と高くなった。

『いく……っ……あぁ……っ……いく……っ……いく……っ……アーッ』

「どこに⁉」

行くというのだ、と振り返ったそのとき、魔王の下で喘いでいた幻の『自分』と目が合った。

「……っ」

途端に小野上の身体が一段と火照り、鼓動が全力疾走しているときのように一気に跳ね上がった。

「え……っ」

全身の毛穴が開き、汗が噴き出す。戸惑いの声を上げた直後、あまりに刺激的な感覚が押し寄せてきて、小野上は声を失った。

今、全身を隈無く駆け巡っているのは、今まで体感したことのない『快感』だった。どうやら意識が、俯瞰で見下ろしている『自分』と同調し始めたのがわかる。

いきなり強烈な快感の坩堝《るつぼ》に放り込まれることになり、思考力が著しく損なわれる。

自分の身に起こっていることとは思えない。どうにかなりそうだ、と、小野上は不本意ながら魔王に救いを求めることにした。

「頼む……っ。なんとかしてくれ……っ」

「思い出したか?」

「思い出せない。でも……っ……あれは自分だとわかったから……っ」

もう耐えられない。頼むからこのわけのわからない状況から脱したい。そのためにはプラ

イドを擲《なげう》っても魔王に懇願するしかない。

自分が自分でなくなってしまう恐怖から一刻も早く脱したくて、身悶《みもだ》えながら小野上が魔王に告げたそのとき、

「納得したようだぞ」

魔王が宙に向かい、そう言ったかと思うと、小野上の身体からあらゆる感覚が一気に消えた。

「……え……？」

身体の熱も鼓動の高まりも静まり、汗すらすっかり引いている。戸惑いから声を漏らした小野上の目の前に、不意にライカが姿を現し、馬鹿にしているのがありありとわかる目線を向けてきながら口を開く。

「ああしてあなたは生き返ったのです。ご主人様に感謝することですね」

「ええっ？」

意味がわからず問い返そうとしたときには、ライカの姿は消えていた。

「ほぼ死んでいたからな。言っただろう？　私の体液には生物の細胞を活性化させる力があると。要は命を蘇らせることができるのだ。体液を大量に注ぎ込むには抱くのが一番だ。それでお前を抱いたのだ」

「…………」

ごく当たり前のことを言うように説明を続ける魔王を前に、小野上はすっかり混乱してしまっていた。

手を広げ、掌を眺める。そして拳を握ってみる。こうして手を自由に動かせるのも、そして二本の足で立っているのも、魔王に抱かれたおかげ——というのだろうか。

「随分と思い悩んでいるようだ。さぞ疲れただろう。癒してやろうか？」

魔王がにっこりと微笑み、すっと手を伸ばして小野上の顎を上向かせる。

「な……っ」

顔を近づけてきたのが再びくちづけをしようとしているためだとわかった小野上は思わず声を上げ、魔王の胸を押しやった。

「いらないか？」

魔王が不満そうな顔になる。

「いるわけがない！」

怒鳴りつけはしたものの小野上は、自分が生き返ることができたのは魔王に抱かれた結果であるという事実を、受け入れざるを得ないと認めていた。

5

魔王――ならぬ、ＦＢＩのプロファイラー、リチャードは、捜査責任者である斉藤課長に小野上の分析結果を伝えた。

「短時間でここまで……」

斉藤が目を見開く。

「さすが……ですね。いや、感服しました」

斉藤は心底感心した表情でそう言うと、

「それで今後の捜査方針についてはどうお考えですか？」

と問うてきた。

「そうですね。マリーンの分析でいうとその一の、容姿端麗な少年少女が計画的に連れ去られたパターンについて、深掘りするのではどうでしょう。少年少女たちのＳＮＳへのアクセスについて調査する……など」

「なるほど。すぐに科学捜査班に調査させます。他には？」

自分が尊敬している捜査一課長である斉藤が前のめりになるさまを、小野上は唖然として見つめていた。

「三番目のパターンの、その手の店で働いていた少年少女たち。かかわった組織はすべて壊滅しているというが、横の繋がりはなかったかを再捜査する必要もあります。組織の主要人物の——そうですね、逮捕歴、とか。同時期に刑務所に収監されていた等の繋がりはないか。既に捜査済みですか？」

「捜査済みのはずですが確認します」

「ここ数日で捜索願いが出されている行方不明者のリストももらえますか？　彼らのＳＮＳもチェックに加えてください」

「わかりました。早速に！」

斉藤の声が弾む。彼をそうも興奮させた魔王の働きたるや、と小野上は感心してしまっていた。

「小野上もいい働きをした。この調子で頼むぞ」

斉藤は小野上のことも賞賛してくれ、普段は雲の上の人である捜査一課長からの褒め言葉には嬉しさを感じたものの、『この調子』ということは、現場復帰はかなわないということかと落胆もした。

執務室に戻って小野上と二人きりになると魔王は、

「キース」

と少し声を張った。

「また従者か？」

今度は一体どんな人物か。身構えていた小野上の目の前の空間に竜巻のような渦が生じたかと思うと、いきなりそこから黒い物体が飛び出してきた。

「カァ」

その物体はどう見ても——鴉《からす》だった。鳴き声も鴉そのものだが、やたらと羽根の艶がいい。漆黒の翼を持つその鳥は、何を思ったかバサバサと羽ばたきをしたあと、小野上の肩に止まり、一段と高い声で、

「カァ」

と鳴いた。

「キース、よく来た」

魔王が笑顔で呼びかけたところを見ると、これが『キース』らしい、と小野上は己の肩に止まる鴉を見た。鴉も小野上を見返してくる。

「カァ」

「キースはお前が気に入ったようだ。そうか。お前は煙草《たばこ》を吸うのか」

魔王の言葉に小野上は、

「吸うが？」

と問い返した。

「キースも愛煙家だから気が合うと思われたのだろう。吸わせてやるとますます仲良くなれるぞ」

「鴉に？　煙草を？」

大丈夫なのか、と声を上げた途端、小野上の肩を蹴るようにして鴉が飛び立つ。

「カァ！」

「鴉ではない。キースだ。名を呼んでやってくれ。立派に役割を果たしてくれるはずだ」

「カァ」

キースは魔王の言葉に、今度は嬉しげな鳴き声を上げると、どうだ、というように小野上を見やった。

「……浮いてる……」

今、鴉は——キースは、羽ばたきをせず、宙に浮いている。確かに普通の『鴉』ではない、と、小野上はまじまじとキースを見た。と、わかったか、というようにキースが笑ったような気がして、尚もくちばしを見つめる。

「キース、この写真の人間たちの居場所を突き止めるのだ。姿を消した場所と日時も頭に入れておけ」

「カァ」

凜々《りり》しく一声鳴いたかと思うと、キースはバサッと大きく羽ばたき——その場から姿を消した。

「えっ」

どこに、と思わず周囲を見回した小野上を見て、魔王が笑う。

「キースは優秀な使い魔だ。すぐに結果を出すだろう。褒美には煙草を吸わせてやってくれ。この世界の煙草に興味津々のようだったからな」

「わ……かった……」

返事をしたものの、未だ小野上は狐につままれたような気持ちになっていた。

魔王は勿論のこと、彼の僕《しもべ》であるライカも、『使い魔』であるというキースも、ファンタジーの世界そのもので、やはり現実とは思えない。

とはいえ、現実なんだよなあ、と、視線を魔王へと向けた小野上に、魔王が、

「なんだ?」

と笑いかけてくる。

「愛するようになったのか?」

「いや」

このやり取りも何度重ねたことだろう。最早、否定の返事が条件反射になりつつある。溜め息を漏らしかけた小野上はちらと魔王を見やった。否定すると彼は毎度、少しやるせない

表情となる。見てはいけないものを見た気になり、罪悪感が芽生えるのがわかっているのだから、見なければいいものを、なぜか視線を向けてしまう。そんな己の心理がわからず小野上は、今回もまた俯いてしまった魔王から目を逸らせ、行方不明者のリストを手に取った。

「俺も誘拐された子たちのSNSをチェックしてみる。席に戻っていいか？」

「ああ」

魔王は頷いたが、すぐ、

「いや」

と笑顔で許可を取り消した。

「え？」

「キースが戻ってきた」

問い返した小野上に魔王が返事をした次の瞬間、空間が渦巻き、そこからキースが現れる。

「カァ！」

「見つけたそうだ」

「なんだって⁉」

思わず高い声を上げてしまった小野上に、キースの抗議の鳴き声が浴びせられる。

「カァ！」

「信じないのかと怒っている」

「そうじゃない。素晴らしすぎて驚いたんだ。凄いな、君！」

まだ数分しか経《た》っていない。なのにもう、見つけたというのか。警視庁総出での捜査では手掛かりを見つけることもできない状態であるのに。

誘拐された子らが無事なうちに、すぐにも救出せねば。感動のあとには焦りが生じ、小野上はキースに向かいまくし立てた。

「それで？　どこにいた？　皆、無事なのか？　あ、そうだ。何人拉致されている？　この中のどの子だ？」

「カァ……」

キースが困ったように魔王を見る。彼の表情を読み取ることがいつの間にかできていることに小野上自身、気づいていなかったのだが、魔王は察しているようで、

「そう。キースは困っている」

と苦笑し、彼のかわりに説明を始めた。

「矢継ぎ早に聞かれても答えられない。が、焦ることはない。彼らが取引相手に渡されるのは三日後の予定だ」

「三日後‼」

「カァ」

またも高い声を上げた小野上に、キースが『煩《うるさ》い』と言いたげな目を向ける。

「あ、悪い」

しかし素直に謝るとキースは「カァ」とまるで笑っているような顔になり、なんとなく意思の疎通が図れてきた、と、小野上は少し嬉しくなった。

「拉致されていたのは彼、彼、彼女の三人。場所は新宿……歌舞伎町というのか。そこの取り壊し予定のビルの地下。地図はあるか？」

「ある！」

つい声を張ってしまいながら、小野上は机の上にあった地図で新宿区を開き、魔王の前に広げた。

「ここだ」

魔王が迷いもなく一点を指さす。

「ありがとう！」

礼を言い、部屋を駆け出そうとした小野上の背に、魔王の声が飛ぶ。

「待て。焦るなと言ったはずだ」

「いや、焦らないでどうする。一刻も早く救い出してやらないと……っ」

言い返し、尚も外に行こうとする小野上の足を、魔王は確実な言葉で止めさせた。

「また爆破されてもいいのか」

「……っ」

小野上の脳裏に、爆破されたあとの晴海埠頭の倉庫が蘇る。沢山の供花、焦げた匂い。燻《くすぶ》る空気。五感に蘇るそれらに心臓が締め付けられるような気持ちとなり、小野上の動きは止まった。

「……ここに来い」

「来い」

魔王の静かな声がしたのに、反射的に視線を向ける。

魔王は顎をしゃくったが、小野上が反発からではなく、ただ、動けないでいるのがわかったようで、大股で近寄ってくると腕を引き、自分のほうを向かせた。

「目を閉じろ」

「……え……？」

問い返したときには魔王の顔が近づき、唇を塞がれていた。

「な……っ」

「目を閉じろと言っただろう」

唇はすぐに離れ、魔王が抗議の声を上げる。

「目？」

「ああ。お前を苦しめる光景を忘れさせてやる」

魔王は笑顔でそう言うと、再び唇を寄せてきた。

「いや、いい。忘れさせないでくれ」

小野上は自分の目を塞ごうと手を伸ばしてきた魔王の手を払った。

「なぜだ。苦しいのだろう?」

魔王が不思議そうに問いかけてくる。

「忘れちゃいけないからだ。俺の不注意で失うことになった命を……」

「お前のせいではない」

魔王はそう言ったあとに、尚も不思議そうに問いかけてきた。

「つらいことを忘れたいと願うのが人間なのかと思っていた」

「忘れれば楽にはなれると思うが……」

それでも、忘れるわけにはいかない。唇を噛んだ小野上を魔王は少しの間見つめていたが、やがて、

「わかった」

と頷くと、小野上の両肩をぽん、と叩いた。

「お前は面白い。マリーンとは確かに違うかもな」

「え?」

一瞬、何を言われたのかがわからず問い返した小野上だったが、続く魔王の言葉には、緊張を新たにすることとなった。

「斉藤課長を呼んでくるんだ。内々にことを進めねばならない」

「わ、わかった……っ」

頷いたあとに小野上はこう確認を取らずにはいられなかった。

「やはり警察の中に内通者がいるということか」

「逆にそうでなければおかしいだろう？」

さも当然のように告げられた魔王の指摘に、小野上は言葉に詰まった。

「行かないのか？」

呆然と立ち尽くしていた小野上は、魔王に促され、はっと我に返った。

「行ってくる」

「一人で来させるんだぞ」

「わかった」

魔王の指示に唯々諾々《いいだくだく》と従っているという事実に、小野上は何の違和感も覚えていなかった。興奮と混乱とで、少しも頭の整理ができていないが、今は拉致されている少年たちのことだけを考えよう、と無理矢理思考をシャットダウンすると斉藤捜査一課長のもとに走ったのだった。

斉藤一人で来てほしいという魔王の依頼を、できるだけ他人に聞かれぬよう注意しつつ小野上が伝えると、斉藤は緊張感溢れる顔となったあと、先に行け、と小野上を戻し、その後五分ほどしてから魔王が扮しているリチャードの執務室にやってきた。

「内通者について、何かわかりましたか」

斉藤の頰が痙攣《けいれん》している。状況的にはそうとしか思えないものの、彼としても身内に犯罪者と内通している者が実際いたとわかるのはショックを覚えるのだろう。

覚悟を決めた顔をしていると小野上が感じた斉藤だったが、魔王が、

「そちらではなく、誘拐された子供たちの居場所がわかりました」

と言った途端、先程の小野上のような大きな声を上げたのだった。

「なんですって⁉」

「お静かに。今度こそ情報漏洩を防がねばなりません。できるだけ情報を知る人間は少人数で、かつ成功率の高い救出法を考えてください」

真剣な顔で魔王が告げる内容に、斉藤は「わかりました」と頷いたが、疑問を覚えたらしく魔王に問いかけた。

「どうやって拉致場所を特定したのですか」

「プロファイルの結果です。マリーン、地図を」

「は、はい」

先程魔王が示してみせたページを開きながら小野上は、果たして斉藤は信用するだろうかと今更心配になった。

どうやってその場所を特定したか。使い魔の鴉——ではなくキースの働きによるものだ、などと説明できるわけもないし、したところで信じてもらえるとは思えない。

魔王は何を言うつもりなのか。緊張しつつ地図を手渡した小野上の前で、魔王は斉藤課長に、小野上にも示した場所を指さした
「このビルです。取り壊し予定で現在は不動産会社の管理となっています」

「ここに少年少女が拉致されているというのは間違いないんですね？」

「はい」

「わかりました。それでは救出について、ご相談を」

え。

どうしてそうも容易《たやす》く信じるのか。驚きの声を上げそうになり、慌てて口を閉ざした小野上をちらと見やったあと、魔王が、

「そうですね」

と考える素振りをし、すぐに口を開く。

「捜査本部をはじめ、警察内にはこの件だということは一切悟らせずに、機動隊を出動させ

るというのはどうでしょう。可能ですか？」

「偽の出動命令をかけてもらうということですね。上層部の許可は必要ですが掛け合いましょう」

「情報が漏洩した場合は上層部に内通者がいるというあぶり出しにもなりますね」

魔王がニッと笑ってそう言うのに、斉藤はぎょっとした顔になったものの、

「確かにそうですね」

と肯定したことにも小野上は心底驚いた。

「すぐ手配します。急いだほうがいいですね」

「拉致されている子らのことを考えるとそうですね」

魔王の言葉に斉藤は「そうですとも」と頷くと、失礼しますと礼をし、部屋を出ていった。

「…………」

どうして斉藤は魔王の言葉を疑わないのか。唖然としていた小野上だったが、答えに気づき、思わず声を漏らした。

「魔法か！」

「まさかこの期に及んで魔力を使うのはルール違反などと言い出すわけではないですよね」

と、そのとき不機嫌極まりないライカの声がしたと同時に、肩にキースを乗せた彼が姿を現した。

「因みに魔力を使ったのは私ですから。文句は言わせませんよ」

「言うわけないだろう」

これで誘拐された少年少女が救出できるのなら、と続けようとした小野上に向かい、口を開いたのはライカではなかった。

「カァ」

「あ、そうか」

期待に満ちた目をしているようなキースを見た途端、魔王に言われていたことを小野上は思い出した。

「煙草だったな……と」

警視庁内は禁煙で、喫煙所でしか煙草は認められていない。しかしキースを連れて喫煙所に行くのは、と、迷っていた小野上に、またもライカが愛想の欠片《かけら》もない声をかけてきた。

「この部屋にはむやみに人が入れぬよう結界が張ってあります。煙草でもなんでも吸えばいいでしょう」

「あ……りがとうございます」

至れり尽くせり。言い方はキツいが、行動は『ありがたい』としかいいようがないものばかりで、小野上は心からの感謝をもってライカに頭を下げた。

「あなたが頭を下げるべき相手は私ではありません」

しかし感謝すらライカにとっては苛立ちを覚えるようで、吐き捨てるようにそう言ったかと思うと、ふっと姿を消してしまった。

「カァ」

止まる先を失ったキースが、あたかも『気にするな』というように鳴き、小野上の肩に止まる。

「ありがとう」

そうだ、礼をせねば、と小野上は上着のポケットから煙草を出すと、ほら、とキースのくちばしに咥《くわ》えさせてやった。

ライターで火をつけると、キースは吸い込んだあとに、目で小野上に訴えかけてくる。

おそらく、と予想をつけ、煙草を手に持つと、キースは、

「カァ」

と嬉しげに鳴いたあとに、また目で咥えさせてくれと訴えてきた。

小野上が再びくちばしに煙草を挟むとキースは、

「カァ」

と満足そうに鳴き、翼を広げたかと思うと、そのまま姿を消した。

「喜んでいる」

魔王が微笑み、小野上に手を差し伸べてくる。

「私には『褒美』はないのか？」

「え？」

「ああ……」

確かに、きちんと礼をしていなかった。何をすればいいのかと問いかけようとした小野上に魔王が希望を述べる。

「私も煙草がいい」

「煙草？」

キースと同じでいいのか、と煙草の箱を差し出すと、

「お前が火をつけてくれ」

と魔王が少し拗ねた顔になる。

「キースにはつけてやっていた」

「キースは手がないからな」

ほら、と煙草を一本箱から飛び出させたが、魔王が手に取ろうとしないので、もしやキースにしたようにしろということかと察した小野上は、面倒だなと思いながらも、感謝していることはしていたため、煙草を一本取り出し、魔王の口に咥えさせてやった。

火もつけてほしいというのだろうと先回りをしてライターを取り出すと、魔王は、

「魔法のようだな」

と目を見張った。

「そうか？」

「蛇口を捻れば湯が出る。その場にいなくとも音声や画像で対話ができる。マリーンがこの様を見たらさぞ驚きに目を見開くことだろう」

「……………そりゃ……そうだろうよ」

前々々々世といえば何百年も前だ。驚くに決まっているじゃないか、と相槌を打ったとき、なぜか小野上の胸に、チリ、という違和感が芽生えた。

「？」

なんだろう。なぜだかちょっと——面白くない。

なぜそんな気持ちになるのか、自分の感情であるのにまるで把握できていない。戸惑いながらも小野上は、自分も煙草を咥えると火をつけた。

「…………」

立ち上る紫煙を見上げる小野上の口から、予期せぬ溜め息が漏れていた。

「満足していないのか？」

「え？　あ、いや……」

問いかけてきた魔王に、答えるべき言葉を小野上は咄嗟《とっさ》に思いつかなかった。

「大満足だ。感謝している」

それだけ言うのがやっとだったが、これでは感謝の念が伝わらないのではと案じたとおり、魔王は少し寂しげな顔で微笑んでいる。

「そうか」

いや、絶対今、彼は自分の答えに納得していないはずだ。それがわかるのに、誤解を解く方法がわからない。もどかしさを覚えていた小野上に、魔王がにっこりと笑いかけてくる。

「それならよかった」

『愛するようになったか？』といういつもの台詞《せりふ》が出てこないことに戸惑いを覚えるも、やはり何も言えない自分へのジレンマを深めながら小野上は、一体なぜ自分はやりきれないという気持ちを抱いているのだろうと、自身の胸にその答えを求め、答えの出ないその疑問に対し、暫し一人首を傾げたのだった。

6

それから約五時間後、緊急招集された捜査会議で、誘拐された少年少女のうち三名が無事保護されたという報告がなされ、参加していた捜査員たちは一様に驚きの声を上げた。

「その場にいた組織の一味と思われる五名の外国人も逮捕した。取り調べはこれからだが、全員黙秘しているため日本語が通じるかは不明。日本での逮捕歴はない。人相からアジア系の、大陸か香港マフィアに所属しているのではと推察される」

「大陸マフィア……」

「リチャード氏の想定どおりということか」

会議の参加者たちが互いに囁き合う声が室内に漣《さざなみ》のように広がっていく。

「凄いな、ＦＢＩ」

小野上の隣の席では新城が感心した声を上げており、いや、凄いのは彼の『使い魔』であるという煙草好きのキースだ、と小野上は心の中で呟いた。

「しかしどうやって突き止めたんだ？」

そんな小野上に新城が、興味津々とばかりに問いかけてくる。

「今まで誘拐された少年少女たちのあらゆるデータを分析していたよ」

それでわかるわけがないのだが。しかしここでも『魔力』がきいていたのか、小野上の心配を余所《よそ》に新城は、

「さすがだな」

と感心するだけで、疑問を覚えた様子はなく、問いを重ねてきた。

「我々捜査員に一切知らせず、機動隊を発動させたのも彼の指示なんだろう？」

「ああ」

「やはり警察内に人身売買組織と通じている人間がいると、考えているんだ、彼は」

言いながら新城がリチャードへと鋭い視線を向ける。

「まあ、そのために呼ばれたんだから当然か」

「上層部に内通者はいないかのあぶり出しだとも言っていたよ」

新城の憤りもわかるだけに、気持ちを宥《なだ》めてやりたくて小野上は、魔王が斉藤課長に告げた内容を教えてやった。

「機動隊にも当初、偽の目的を伝えていたというし」

「なるほど。正しい情報を知るのはリチャードと斉藤課長、それに上層部となるから……か。やるなあ」

憤りが賞賛に変わったことで、やれやれ、と胸を撫《な》で下ろした小野上だったが、どうやら

新城はＦＢＩの敏腕プロファイラーに俄然興味を抱くようになったらしく、次々と質問を発してきて、小野上を慌てさせることとなった。

「いつも部屋には二人きりなんだろう？　どういう話をする？　そもそも話はしないのか？　一人で考えている感じか？」

「ええと……」

どう答えればいいのかと考えをまとめようとするより前に、新城より質問が放たれる。

「雑談とかはしないのか？　どういったことを話す？　家族構成とか聞いたか？　いくつなんだろう。いくつにも見えるよな。上にも下にも。結婚してるのか？」

「雑談しないからなんとも……年齢もそういや聞いてない。家族構成なんて聞ける雰囲気じゃないよ」

人間ではなく『魔王』ではあるのだが、年齢も家族構成も聞いたことがない。たとえ聞いたとしても、それを伝えられるはずもないが、『知らない』というのはいい手である。それで通そう、と小野上は心を決めた。

「へえ、意外だ」

だが新城はそれでは納得できなかったらしく、小野上の顔を覗き込んでくる。

「意外って何が」

「てっきりリチャードはお前を気に入って指名したのかと思っていた。なのに雑談もしないのか？」

「気に入られたわけじゃないよ。倉庫爆破のことを聞きたかったんだろう」

実際、魔王には気に入られている——どころか、妻にと請われているだけに、誤魔化さねばという意識が必要以上に働き、小野上は慌ててそう、言い返した。

「どちらかというとお前の体調を案じてくれたんじゃないかな。それも気に入られたからではないかと思う」

しかし新城はなんとしても『気に入った』ということにしたいようで、尚もそう、突っ込んでくる。

「別にそういう素振りはないけどな」

小野上がそう答えたとき、前方からリチャードの苛立った声が響いてきた。

「そこ。騒がしいな。発言したいのなら挙手してくれ」

怒られてしまった、と、小野上は慌てて頭を下げた。

「申し訳ありません」

「失礼しました」

横で新城も謝罪したが、すぐに小野上の耳元に顔を寄せ、囁いてくる。

「見ろよ。俺のことをとり殺しそうな目で睨んでる。やはりお前は気に入られているんだよ」

「……それはないから」

言い返しながらリチャードを見た小野上は、新城の言葉が事実であると気づき、やれやれ、と心の中で溜め息を漏らした。

新城の疑念を晴らそうとしているというのに、なぜ更に疑念を深めるような態度を取る。睨み付けそうになったが、魔王の隣に座る斉藤課長に気づかれることを恐れ、小野上はできるだけ新城と距離を置こうとした。が、そんな小野上の気持ちにはまるで気づかず、新城は尚も顔を寄せ囁いてくる。

「気をつけろよ。セクハラに遭いそうになったら即、今西係長にでも斉藤課長にでも訴えろ。言いづらかったら俺が言ってやる」

「セクハラ……」

どうしてそんな発想が、と小野上は新城を見やった。

「お前への下心を感じるんだよ」

「……それはないよ」

下心しかない、というのが事実ではあるが、それを言うわけにはいかない。顔が引き攣《つ》りそうになるのを堪え、そう告げた小野上に対し、新城は尚も、

「心配なんだよな……」

と呟き、顔を見つめてきた。魔王の顔が厳しくなったのがわかり、小野上は新城を見返すことができずにいたのだが、そんな小野上に新城がまた、問いを発する。

「そういや内通者の調査について、リチャードは何か言ってたか？」

「いや、まだその話は出ていない」

よかった。話題が逸れた、と内心安堵しつつ小野上はそう答えたあと、

「また怒られそうだからあとでな」

と小声で会話の中断を申し出た。

「これ以上目をつけられたくないしな」

新城は冗談を言いつつも同意してくれ、その後会議が終わるまで二人は会話を交わすことなく過ごしたのだが、それでも魔王は時折視線を送ってきて、これではますます新城に変に思われると、小野上は心の中で溜め息を漏らしたのだった。

会議終了後、小野上は新城と共に喫煙スペースへと向かうことにした。彼の誤解——実際は『誤解』ではないのだが——を解くことと、現在の捜査状況を知りたかったのだ。

「マリーン」

リチャードが声をかけてきたのに、

「煙草、吸ってきます」

と頭を下げ、踵を返す。

「やっぱり睨んでる」

魔王に止められることはなかったものの、振り返った新城にそう囁かれ、小野上もまたち

らと魔王を振り返った。が、そのときには斉藤課長と会話をしており、やれやれ、と密かに溜め息を漏らすと小野上は今のうちに、と足早に会議室を出、喫煙所を目指した。

喫煙所には珍しく人気《ひとけ》がなかった。

「リチャードはこれから、捜査員たちの『洗い出し』にかかるんだろうか」

咥えた煙草に火をつけながら、新城が話題を振ってくる。

「どうだろう。今、斉藤課長と打ち合わせているのかもな」

「そんな話にはなっていない？」

「今のところは……といっても俺には明かしていないだけかもしれないけれど」

魔王ならぬ『リチャード』の話題はすべて自分の捏造《ねつぞう》ゆえ、ボロがでかねない、と小野上は話題を変えようと必死になった。

「ところでお前は今、なんの件について捜査をしているんだ？」

「ああ、爆破された倉庫のもとの持ち主を洗っている。管財人に引き渡されたとはいえ、一番勝手を知っているのはもとの持ち主だからというんだが、空振りとしか思えないんだよな」

不満そうな顔になった新城に小野上は、

「誰とペアを組んでるんだ？」

と問いを重ねた。

「蒔田《まきた》さんだ」

「それは……」

小野上がつい顔を顰めてしまったのは、同じ係内の先輩である蒔田がかなり面倒な性格であるためだった。

嫌みを言うことが義務とでも思っているのでは、というくらいに、口を開けば相手にとって不快な言葉を選んで告げる。

さぞ、ストレスだろうと同情の目を向けた小野上に、

「お前が恋しいよ」

と新城はふざけた口調で返してきたが、顔をみれば心底うんざりしていることがわかった。

「いつまでリチャードの世話係を受け持つんだろうな？」

「俺も早く現場に戻りたいんだけどな」

それは本心だったが、一方でリチャードを野放し状態にしておくのは心配でもあった。

「一日一緒にいて、息が詰まらないか？　彼、寮で寝泊まりしているんだよな？」

「あーうん。そうだよ」

『寮』と言われたとき、小野上の頭にはライカが魔王のために用意した宮殿のような部屋が浮かび、自然と顔が引き攣ってしまう。

「見るからにセレブだが、寮の居心地は悪かったりしないんだろうか」

そう首を傾げた新城自身、実家が裕福であり、彼が今住んでいるのは親が用意してくれた

という都心の高層にして高級なマンションだった。

小野上も何度も遊びに行ったことがあるが、まさに『セレブ』といった感じの部屋から見る夜景もまた素晴らしく、こんな凄い部屋に住みながら地道な捜査に邁進できる新城は凄いと、改めて感心したものだった。

「うーん、どうだろうな」

そんな彼だからこその発想だろうが、案じずとも寮はライカの魔法によって魔王にとっては快適な場所になっている。

しかしそれも言えるわけがない、とまたも小野上は話題の転換を試みた。

「それにしても、人身売買が行われるより前に被害者を救出できてよかった。一味を逮捕することもできて、これで組織も明らかになるかも」

「そうなってほしいものだよな」

うん、と新城が力強く頷く。と、そのとき、小野上の携帯が着信に震えた。

「悪い」

誰だ？　と思いながら画面を見て、見覚えのない番号であることに更に首を傾げる。とにかく出てみるか、と通話状態にした小野上の耳に、聞き覚えがありすぎる声が響いた。

『すぐ戻れ』

「……わかりました」

かけてきたのは魔王だった。不機嫌極まりない声を出している。

「どうした？」

電話を切った小野上に新城が問いかけてくる。

「リチャードだった。何か用があるみたいだ」

「お前もお前で難儀だな」

やれやれ、と新城が肩を竦める。

「落ち着いたら飲もう。お前の生還祝いもやりたいし」

「生還祝いってなんだよ」

思わず噴き出してしまった小野上の肩の辺りを新城が軽く小突く。

「台湾マフィアだか香港マフィアだか大陸マフィアだか知らないが、早いところ一網打尽にしたいものだな」

「ああ。そうしたら祝杯をあげよう。お前のあの夜景の綺麗な部屋で」

「はは。いつでも来るといい」

二人で笑い合いながら喫煙スペースを出て、執務フロアに戻る。

「それじゃあな」

蒔田が不機嫌全開の顔で待ち受けているのを見て、新城がこっそり肩を竦める。そんな彼に同情的な視線を向けたが、彼を見送ったあとに魔王の部屋に入った途端、同情されるべきは自分だったかと思い知った。

「なんなんだ、あの男は」

魔王は蒔田以上に不機嫌全開の顔をしており、開口一番、小野上にそう問いかけてきた。

「あの男……新城か？」

「我が妻に馴れ馴れしい。耳元に口を寄せるなど許しがたい」

「新城は相棒だし親友だ。それよりスマホが使えたんだな？」

電話がかかってきたときには気づかなかったが、彼がスマートフォンを使いこなすとは思えない。存在すら知らなかったのでは、と思い小野上が問いかけた直後、ある意味予想どおり、ライカが姿を現した。

「ご主人様を馬鹿にするものではありません」

「馬鹿にしているわけじゃない。知らない番号だったし、驚いたってだけだ」

小野上としてはライカに感謝こそすれ、悪感情はさほど抱いていない。ただ、彼が常に喧《けん》嘩《か》腰《ごし》であることには少し気を遣う。

捜査にも協力してくれているし、自分のほうでは友好的な関係を築きたいと願っているのだが――という小野上の思考も容易くライカには読まれてしまう。

「馬鹿馬鹿しい。くだらない望みは抱かないほうが吉ですよ」

「…………」

それはつまり、友好的な関係を築くつもりはないということだろう。やれやれ、と溜め息を漏らした小野上に、尚も魔王が問いを重ねる。

「相棒に親友。要は心を許しているということだろう？　許さぬ」

「いや、許すとか許さないとか、そういう問題じゃないから」

どうして許可がいるのだ、と反論しようとした小野上の耳に、ライカの声が響く。

「あなたに反論の余地はありません。だいたいなぜ口答えができるんです。魔王様をなんだと思ってらっしゃるんですか」

「ライカ、もういい」

意外にもライカを制したのは魔王だった。

「しかしご主人様。この者のご主人様への態度は目に余ります」

ライカがむっとしたように言い返すのを、魔王が、

「いいと言っているだろう」

と遮る。

「……失礼いたしました」

ライカは、はっとした顔になると、頭を下げ姿を消した。彼の顔がどこか傷ついて見えたことが気になり、つい声を漏らしそうになった小野上に、魔王が声をかける。

「ライカのことは気にするな。彼はナーバスになっているのだ」

「ナーバス？」

なぜ、と問いかけた小野上に魔王は、

「お前は気にしなくていい」

と答えてはくれなかった。

「それより、あの男はお前のなんなのだ」

魔王にとっては、新城の存在のほうが気になるようで、改めて問いかけてくる。

「だから、相棒だ」

「相棒というのは性的な関係はあるのか？」

「はあ⁇」

思いもかけない問いに、小野上は思わず素っ頓狂な声を上げてしまった。

「友人だと言っているだろう。性的な関係などあるわけがない」

「よかった」

小野上が憤った声で告げた答えを聞き、魔王は心底安堵した顔になった。

「え」

「もう一つ聞きたい。今、お前が愛しく思う相手はいるのか？」

魔王が真っ直ぐに目を見つめ、問いかけてくる。

「いや？」

真摯《しんし》な瞳から目を逸らすことができず、小野上は正直なところを答えてしまった。

「それを聞いてますます安堵した」

魔王は言葉どおりまたも安心した顔になると、小野上に向かい、すっと手を伸ばしてきた。

「お前がマリーンではないということはわかってきた。それでも私を愛してくれるといいと願っている」

そう告げた魔王の表情は今まで見たことがないほど、なんともいえず――やるせなげで、一体どうしたのだ、と小野上はつい、問いかけそうになった。

「ライカ」

しかし小野上が口を開くより前に魔王がライカに呼びかけた次の瞬間、彼の姿は消えた。

「……え？」

どうしたことか、と周囲を見渡していた小野上の目の前に、ライカが姿を現す。

「ご主人様は休養を欲されていました。それでお休みいただいたというわけです」

「そうか」

他に相槌の打ちようがなく頷いた小野上を、ライカがキッと睨み付ける。

「私はあなたが嫌いです。なぜ、ご主人様を苦しめるのです。昔も、今も」

「苦しめる？　俺が？」

意味がわからない、と声を上げた小野上を尚も厳しい目で見据え、ライカがまくし立てる。

「ええ。マリーンはあなた同様、心を読むなとご主人様に要請するに留まらず、私にも読まれたくないと言い、ご主人様は彼の希望を叶えました。結果どうなったと思います？」

「……わからない。どうなったんだ？」

問いかけた小野上に、何の感情もこもらない声音でライカが答える。

「自害したんです。ご主人様の目を盗み」

「え……っ？」

予想外の答えに絶句した小野上に、ライカが言葉を続ける。

「何が不満だというのです。あなたも、あなたの前々々々世も。ご主人様の愛を得て尚、何を望むというのですか」

「…………」

憤るライカを前に小野上は答えるべき言葉を持たず、口を閉ざしていた。

「あなたの望みを叶えれば、ご主人様の望みを叶えますか」

そんな小野上にライカが問いかけてくる。

「俺の望み？」

問い返した小野上にライカが告げた言葉は、

「人身売買組織の壊滅でしょう？」

という、まさに小野上の希望そのものだった。

「……確かに……」

願ってやまないことである、と頷いた小野上に、ライカが身を乗り出し、改めて問いかけてきた。

「魔力を使えば組織の壊滅など簡単です。あなたの希望を叶えたら、あなたもご主人様の願いを叶えてくださいますか」

ライカの目は真剣で、彼の本気を物語っていた。

もしも自分が頷けば——小野上の中に迷いが生じた。

もし、ライカに『頼む』と言えば、少年少女たちが被害に遭うことはなくなる。行方不明になっている今までの被害者も追跡調査が容易くなろう。

それが『できる』とわかっているのに『やらない』という選択肢は果たして許されるのか。

「誰の許諾です？　人が言うところの『神』ですか？」

ライカが真っ直ぐに小野上を見つめ、問いかけてくる。

「いや……」

神——というよりは『自分』だ。自分が許せないと感じるのだ。その考えに至ったときにはもう、小野上の気持ちは固まっていた。

「わかった。望みを叶えてもらいたい」

「そうですか」

ライカの顔に笑みが浮かぶ。常に自分に対しては不機嫌だった彼の笑みはあまりに魅惑的で、小野上の口から思わず「ほぅ」という吐息が漏れた。

「気持ちが悪いですね」

それを聞いてライカは眉を顰めたものの、それでも今、彼が上機嫌であることは顔を見ればわかった。

「すぐにご主人様にお伝えします。ご主人様もさぞお喜びになりましょう。もうご主人様が魔力を使うことに文句はありませんね？　心を読むことも許しますか？」

「それが交換条件なら」

頷いた小野上を見てライカは一瞬、何かを言いかけたが、すぐ「わかりました」と頷くと、そのまま姿を消した。

「………」

誰もいなくなった空間を見つめる小野上の口から溜め息が漏れる。

魔王の『妻』になる、すなわち、彼の世界――魔界というのだったか――に連れていかれ、自分が現実と信じているこの世界からは消えるのだろう、多分。

魔界がどのようなところか想像もつかないし、『妻』というのも違和感しかないが、そもそも自分の命はあの倉庫爆破の際に尽きていたものだ。

そう思えば諦めもつくか、と小野上は自身の手を見下ろした。

正直なことを言えば、このまま刑事を続けたい。この世界で生きていきたい。しかし自分が目を瞑《つぶ》れば何ヶ月も追っていた人身売買組織を検挙することができる。多くの少年少女が救われる。選択の余地などない。あるわけがない。

それに――。

小野上の脳裏にふと、魔王の顔が浮かんだ。

『わかった。心を読むなというのなら読まない。魔力を使うなというのなら使わずにいよう。それで私を愛せるか？』

生き返らせてくれた相手に対し、今まで相当自分は我《わ》が儘《まま》を言ってきたんだな、と小野上は改めて自覚し、つい、苦笑してしまった。

魔王は魔界の王ということなんだろうか。ライカが恭しく接する様子を見るに、敬われて当然の人間――ではないが――だというのに、無茶ともいえる要請をすべて呑んでくれたのはなぜなのか。

『マリーン』

その名を呼ぶときの魔王の声は、愛しげとしか表現し得ないものだ。自分の前々々々々世をそれほど愛していたから、生まれかわりの自分の我が儘も通してくれたということか。

とはいえ自分は『マリーン』ではない。それでもいいのだろうか。生まれかわりだから？

その辺がよくわからない。顔がよく似ているということだったから、顔が同じならいいのか。

それとも魂が同じとか、そういう話なのだろうか。

「……俺でいいんだろうか……」

ぽつりと零れた言葉に、自分が発したものだというのに小野上は驚き、指先で己の唇を押さえた。

なんなんだ。この思考は。まるで選ばれたいかのようではないか。なぜそんな気持ちになるのだろう。いや、なっているのか？　俺は。

そんな馬鹿な。軽く首を振ることで思考を整えようとした小野上の耳に、先程聞いたばかりのライカの声が蘇る。

『マリーンはあなた同様、心を読むなとご主人様に要請するに留まらず、私にも読まれたくないと言い、ご主人様は彼の希望を叶えました。結果どうなったと思います？』

『自害したんです。ご主人様の目を盗み』

これもまたわからない。なぜ彼は自害をしたのだ。魔王の妻になるのが嫌だったのか？　愛し合っていたわけではなく、魔王が一方的に愛していた？

そんな相手を魔王は生まれかわる度に探していたのだろうか。次こそ愛されたいと願って？

『お前がマリーンではないということはわかってきた。それでも私を愛してくれるといいと願っている』

だから魔王はあんなことを言ったのか？　あんなやるせない顔で。

もしそうだとしたら――気の毒だ。

心の中で呟いた小野上はまた、自分の思考だというのに戸惑いを覚え、首を傾げた。

気の毒だろうか。気の毒なのは妻になることを無理強いされた自分の前々々々世ではないのか？

「なんなんだ、一体……」

わけがわからない。とにかく、間もなく自分はこの世界から消える。悔いを残すことがないよう、やり残したことはないかを考えよう。

幸い、親もきょうだいもいない。自分が死んで悲しむ家族がいないことは幸運だ。うん、と頷いた小野上の頭に、新城の泣き顔が浮かぶ。

新城は泣くだろう。しかし彼もきっと、人身売買組織を叩き潰すためだとわかれば、自分の選択を受け入れてくれるに違いない。

とはいえ説明したところで信じてもらえないだろうが。苦笑しながら小野上は、せめて何か形見の品を託したいなと、新城に渡すものを考え始めたのだが、そうしながらも心の中には魔王のやりきれなさを湛《たた》えた顔が小さな棘《とげ》となり、微かな痛みと違和感を覚え続けていたのだった。

7

ライカが消えたあと、魔王が現れるのを小野上《このうえ》は彼の執務室で待っていたのだが、魔王はいつまで経《た》っても姿を見せなかった。

夕方になっても現れなかったため寮に戻っているのだろうかと思い、小野上も帰宅してみることにした。

「入るぞ」

魔王の部屋のドアをノックし、声をかけてから中に入る。

「…………」

室内は宮殿のようではなく、ごく当たり前の部屋だった。ということは魔王は帰っていないのかと思いながらも、室内に足を踏み入れ、ぐるりと見渡す。

バスルームやトイレにいるということはないだろう。わかっていながら一応探してみて不在を確認すると小野上は、手持ち無沙汰となり、室内にあるベッドにドサリと腰を下ろした。

妻になることを承諾したというのに、なぜ魔王は姿を現さないのだろう。ここにきて気が変わったとか？　今更変わられても困るのだが。

溜《た》め息《いき》を漏らした小野上の頭にある考えが浮かぶ。

もしや人身売買組織を壊滅させることができない——とか？　魔力を用いても解決しないから彼は姿を見せないのか。

「そんなはずはないでしょう」

思考が終わるか終わらないかのうちに姿を現したライカが、不機嫌極まりない口調でそう言い、小野上を睨《にら》んで寄越した。

ちょうどよかった、と小野上は彼に、

「魔王は？」

と所在を問いかけた。

「……それが……」

珍しくライカが言葉を濁す。今までさんざん好き勝手なことを言ってきたのに、と訝《いぶか》り彼を見たそのとき、小野上の目の前の空間が歪《ゆが》んだと思った直後、魔王が姿を現した。

「ライカに聞いた。お前の望みを叶《かな》えることと引き換えに私の妻になると。間違いないか？」

「ない」

即答した小野上に魔王が尚も確認を取る。

「お前の望みは犯罪者の逮捕だと聞いた。お前自身にかかわるものではないが、それでいいのか？」

「ああ」

今更の確認に小野上は、自分の意思がきっちり伝わっていないのかと案じながら、改めて魔王本人に己の気持ちを伝えることにした。

「以前、お前からも言われたが、俺は本来なら死んでいた。今、こうして生きていられるのはお前が生き返らせてくれたからなんだろう?」

「そうだ」

頷《うなず》いた魔王はここで、何か言いたげな素振りをした。が、結局は何も言わずに小野上をじっと見つめてくる。

「お前が犯罪組織を壊滅してくれるのなら、お前が救ってくれた命をお前に託すのでいいじゃないかと納得できたんだ。頼む。すぐにも組織を摘発し、被害者を救い出してほしい」

訴えかける小野上に対し、魔王が暫《しば》し考える素振りをしたあと、口を開く。

「………………それが叶えばお前は私の妻になる、と。そう言うんだな? 本当に」

「ああ。喜んで」

『喜んで』は言い過ぎか。調子に乗ったことを言ってしまったのは、やはり『納得している』といいつつも葛藤があるのだろう。

しかしもう決意は固めた。頼む、と小野上が魔王を見返すと、魔王は目を伏せ、黙り込んだ。

「…………」

何が不満だというのだろう。あれだけ『妻、妻』と言っていたが、もしや既に不要になってしまったのだろうか。

気が変わるのが早すぎだろう。それとも他に何か条件をつけたいのだろうか。

小野上はどんな条件でも呑《の》むつもりでいた。失っていたはずの命の活かし方として、これほど有意義なものはない。望むらくは魔王が無茶な要求をしてこないことだが、と、小野上は黙り込んだ魔王に、己の望みを了承させようと再び口を開いた。

「お前の妻になる。だから人身売買組織を壊滅させてほしい」

「……お前は……」

魔王が伏せていた目を上げ、小野上を見返す。

「え？」

何を問おうとしているのか。眉を顰《ひそ》めた小野上を見つめたまま、魔王が問いかけてくる。

「お前は、私を愛しているのか？」

「それは……」

聞かれるとは思わなかった、と小野上は一瞬、答えに詰まった。

愛しているか愛していないかとなると、『愛している』と言うことはできない。しかし好きか嫌いかとなると、嫌いではない。同時に『好き』とも言えない。

愛していないと妻にする気はないと言うつもりだろうか。それは困る、と訴えようとした小野上の頭に閃《ひらめ》きが走った。

「そうだ。魔力でお前を愛せるようになると前に言っていなかったか？　その魔法をかけてくれ。そうすればお互い、ハッピーなんじゃないか？」

いい考えだ。最初に聞いたときには、信じがたい、と憤ったものだが、こうなってみるとそれが一番の得策と小野上には思えた。

どのような感覚なのか、未体験ゆえわからないものの、きっと魔王を見るとときめいたり、愛しく思ったりするようになるのだろう。

不思議な気はするが、嫌悪感はない。それこそ不思議だ、と首を傾《かし》げていた小野上に、声をかけてきたのはライカだった。

「ご主人様、彼に魔法をかけてもよろしいですね？」

ライカの声に緊張が張り詰めているのがわかる。常に余裕に満ちている彼にしては珍しいな、と小野上が顔を見ようとしたそのとき、魔王が口を開いた。

「いや、待て」

「え？」

なぜだ、と問おうとした小野上に魔王は視線を向け、ぽつりと一言呟《つぶや》く。

「少し考える」

「ええ？」

なぜ、そして何を、と問おうとしたときには魔王は姿を消していた。

「ご主人様」

ライカが珍しく驚いた声を上げ、魔王の消えた場所を見る。

「どうしたんだろう？」

答えてもらえない確率は高いとわかりながらも、戸惑いから小野上は彼に問いかけてしまっていた。

「わかりません。私にも」

ライカもまた途方に暮れた顔をしていたが、すぐに我に返った様子となると小野上を睨んで寄越した。

「あなたが何かしたんじゃないですか？」

「いや、何もしてないよな？」

咄嗟《とっさ》に返すとライカがバツの悪そうな顔になる。

「確かに」

「なぜ躊躇《ためら》うんだろう？　今更、俺では駄目だと思ったのか？」

「駄目も何も、ご主人様が選んだのがあなたなのですから」

ライカは首を傾げていたが、すぐ、

「伺ってきます」

と言い、姿を消そうとした。

「ちょっと待ってくれ。人身売買組織のほうはどうなる？」

壊滅させてくれるのではないのか、と言おうとした小野上の心を読み、ライカが冷たく言い捨てる。

「ご主人様のお気持ちが変わられたのなら、交換条件は無効です」

「そんな……っ」

小野上の抗議の声など聞きたくないとばかりにライカは姿を消してしまった。

「なんなんだ、一体」

一人残された小野上は呆然《ぼうぜん》としていたが、次第に彼の胸には憤りが芽生えていった。

決意した途端、保留にされるとはどういうことか。俺の決意をなんだと思っているんだ。

憤るがままに小野上は自室へと戻ると、どさっとベッドに腰を下ろしポケットから取り出した煙草《たばこ》に火をつけた。

「カァ」

と、鳴き声がしたと同時に、キースが姿を現し、羽ばたかない状態で宙に浮いたままつぶらな瞳を向けてくる。

「ああ、煙草な」

彼のおかげで誘拐された少年少女を救うことができた。アジトの一つを突き止めてくれて本当に助かった、という感謝の念が改めて小野上に芽生え、吸いさしの煙草をキースに咥《くわ》えさせてやると、キースは嬉《うれ》しげに羽ばたいたあと、すっと姿を消した。

「ちゃっかりしてるな」

くす、と笑ってしまいながら小野上は再び煙草を取り出し、火をつけながら、キースの働きを思い返す。

斉藤《さいとう》捜査一課長にのみ知らせ、機動隊を出動させたことで、無事被害者たちを救出できたし、一味の数名を逮捕することができた。ということはやはり、捜査員の中に組織への内通者がいるということで間違いない——といえるのか。

言い切るのは危険かもしれない。機動隊を出動させるにあたり、斉藤課長は上層部の許可を得る必要があった。上層部の人間も馬鹿ではない。これが魔王言うところの『あぶり出し』とわかっただろうから、敢《あ》えて組織には情報を流さなかったのかもしれない。

もしも組織に情報が流れていればどうなったか。即刻、場所を移動する。間に合わなければ、証拠隠滅のためにその場を爆破した可能性もある。

そうならなくて本当によかった。安堵《あんど》の息を吐いた瞬間、今まで抱いたことのない疑問が小野上の頭を掠《かす》めた。

自分が巻き込まれた倉庫の爆破。あれは事故でもなんでもなくやはり、証拠を残さないためにという組織の判断で爆破されたものではないだろうか。

差し押さえられた倉庫だったというが、危険物が保管されていたという話は聞いていない。そもそも、爆発の危険がある場所に、『商品』となる少年少女を拉致しておくだろうか。もしも口封じのための証拠隠滅だとした場合、なぜ、警察に摘発されそうだと気づいたのだろう。小野上が気にしたのはそこだった。

確信があるわけではないが、体感として、尾行に気づかれたのは晴海埠頭に入ってからだった。踏み込んだときには、中にいたチンピラたちは一様に驚いていたように感じた。その直後の爆発。いつ、誰が爆発物に点火したのだろう。

記憶を順番に辿《たど》る小野上の喉はカラカラに渇き、鼓動は頭の中でドッドッと喧《やかま》しい音を立て始めた。

係長の今西《いまにし》から連絡が入ったのは、自分が黒いバンを追い、晴海埠頭に入ってからだった。居場所を正確に伝えた直後にバンが尾行に気づき加速した。

そのときにはもう、爆破するつもりだったのか？　いや、そのタイミングでは間に合うまい。バンはすぐにアジトへと乗り付け、中へと入っていく彼らを自分も追った。多少の格闘とはなったが、直後に大爆発は起こった。

自爆した、という可能性はある。しかし、諦めがよすぎる気がする。自分はあのとき一人で、警察と名乗ってもいなかった。踏み込んできたのが一人とわかればまずは自分を殺すことを考えるのではないか。

警察に既に取り囲まれ、退路がないとわかった時点で自爆するのはまだわかる。あのタイミングでの『証拠隠滅』はどう考えても早すぎるとしか思えない。

自爆でなく、遠隔操作された上での爆発ではないのか。しかしそうだとすると、警察に目をつけられたと察するタイミングが早すぎる。

もっと早くに、自分が『目をつけた』ことを知っていたとしたら？　バンを見つけたのは偶然だった。見つけた直後、そのあと別の場所で合流するはずだった新城《しんじょう》に連絡を入れた。

だから――。

新城はアジトが摘発されかけていたことを、この時点で知っていた。

ドクン、と心臓が嫌な感じで跳ね上がり、ごくりと小野上の喉が鳴る。

思い返してみれば今西係長から無線が入ったタイミングがかなり遅かったように思う。もし、自分からの連絡を受けた新城が即座に今西に連絡を入れていれば、もっと早くに無線が入ったのではないか。

「馬鹿な……」

呟いた自分の声が酷《ひど》く嗄《か》れ、他人のもののように聞こえたことにぎょっとし、小野上は我に返った。

「馬鹿な」

咳払《せきばら》いをし、今度ははっきり『自分の声』として発してみる。

新城が内通者だとは到底信じられない。警察学校で隣り合わせの席になって以来の仲であり、彼がどれだけ犯罪を憎み、正義を貫こうとしているか、一番近くで見て来たのは誰あろう、小野上本人だった。

人身売買組織の捜査も、どの捜査員よりも真剣に取り組み、寝食を忘れるほど捜査に没頭している姿も目《ま》の当たりにしてきた。

そんな彼が警察の捜査情報を組織に流していたなど、信じられるはずがない。

しかし——。

きっぱりと疑念を打ち払おうとした小野上の頭の中で、もう一人の自分の声が響く。

犯罪組織と通じているからこそ、捜査に身を入れていたのではないか。警察上層部に彼の大学のOBは多く、彼らとの間にも太いパイプを持っていた新城。彼がその気になれば上層部からも情報を引き出せたはずだ。

「あり得ない」

言い切ろうとしても、次々と疑念の声が小野上の頭の中に広がっていく。

実家が用意してくれたというあの高層マンション。彼の実家はどういう家か聞いたことはあっただろうか。

以前、同期で集まった際に新城のマンションの話題となり、分譲物件で価格は一億どころか二億以上する、毎月の管理費だけで給料が飛ぶ、と皆して驚いたことがあった。当の新城はしれっと、管理費も実家任せだと言っていたが、もしそれが真実ではなかったとしたら？

新城は常に身なりには気を遣い、刑事の給料では買えないようなスーツや時計を実にスマートに着こなし、身につけている。実家が裕福であるという共通認識があったため、誰も『身の丈に合わない』という目で見ることはなかったが、もしその認識が誤った、若しくは捏造《ねつぞう》されたものであったとしたら、高級品を購入する金はどこから湧いた、という話にならないか？

「いや、そんな……」

誰からも好かれるナイスガイ。上からの信頼は厚く、同僚からはその人柄の明るさ、温かさで慕われている。

しかしそれは彼の本当の姿なのだろうか。

本物の彼は——。

「あり得ない！」

頭の中に響く声から逃れようと、小野上は先程より声を張り、きっぱりそう言い切ってみた。

「あり得るはずがない！」

しかしいくら力強く言い切ろうとも、言葉が空《むな》しく宙に浮くのがわかり愕然《がくぜん》となる。

もしも新城が内通者だとしたら。もしも彼が倉庫を爆破させた張本人だとしたら。彼は自分の死をも望んだということになる。そんなことがあり得るだろうか。

『……お前が生きていて……本当に……』

嗚咽《おえつ》していた新城の姿が、小野上の脳裏に蘇《よみがえ》る。

あれが演技だったとは思えない。それとも逆にあの涙は、自分が『生きていた』ことを嘆いたのか。

死んだと思っていたのに、なぜ生きていたのかと——？

「違う！」

叫んだと同時に小野上は部屋を飛び出していた。どうしても確かめずにはいられない。この目で、この耳で、新城の口から語られる『真実』を聞かないではいられなかった。

きっと誤解だ。新城は笑い飛ばしてくれる。それどころか怒るかもしれない。自分だったら怒るだろう。

その姿を見れば安堵できる。だから彼のもとに向かわねばならない。

今、小野上は酷く混乱し、動揺していた。自分で自分の行動を制御できていないことにも気づいていなかった。

冷静にならねばならない。その考えに至ることもなかった。衝動に近い、否、衝動だけで今、小野上は動いており、それが如何《いか》に危険であるかということもまるでわかっていなかった。

頭に浮かぶのはただ、『相棒』として過ごしてきた新城の顔――事件が解決し、楽しげに笑う顔。ちょっとした諍《いさか》いをしたときのむっとした顔。案外涙もろく、感動する映画を観たあとには泣き顔も見られた。相棒として、親友として、いつも傍《そば》にいた。苦しみも楽しさも悲しみも嬉しさも共有してきた自負がある。

疑念を覚えたことさえ、申し訳ないと思う。その疑念を払拭《ふっしょく》するためにも会わねばならない。自分に言い聞かせている言葉が欺瞞《ぎまん》であることから必死で目を背けた状態で、小野上は寮を出ると、二億はくだらないという新城のマンションを目指し駅へと向かったのだった。


新城が帰宅しているか否か、普通であれば確認してから来るはずであるのに、電話をすることができなかった。その時点で小野上は無意識のうちに、新城への確認を後回しにしようとしていたに違いなかった。

インターホンを押し反応を待つ。

『どうした？』

在宅していた新城の、少し驚いた声がスピーカーから響いてきた。いつもどおりの彼の声に小野上は安堵すると同時に、嫌な感じで高鳴る鼓動を抑えようと、スーツの上から左胸を押さえた。

「入れてもらえるか?」

『勿論《もちろん》。入れよ』

何を畏《かしこ》まって、と新城がインターホンの向こうで笑っている。もし新城に後ろ暗いところがあったとしたら、ああも屈託なく笑えるものだろうか。

オートロックを解除してもらい、自動ドアを入ってエレベーターホールへと向かう。ちょうど開いていたエレベーターの扉から中に乗り込み、最上階を押した小野上の口から、自分でもなぜ吐いたかよくわからない溜め息が漏れた。

緊張感が増しているのはさすがにわかる。新城の顔を見たら緊張していたのが馬鹿みたいだったときっと思える。そうに違いないと思いながら、急速に上昇するエレベーターに一瞬、眩暈《めまい》を覚え、目を閉じる。そのときなぜか瞼《まぶた》の裏に魔王の顔が浮かんだ。

「……?」

なぜ彼の顔が、と、動揺しているうちにエレベーターは最上階に到着した。

開いた扉からフロアに降り立ち、新城の部屋を目指す。一番奥まったところにある彼の部屋の前に立ち、チャイムを押そうとすると目の前でドアが開き、新城が笑顔で迎えてくれる。

「どうした、急に。びっくりしたぞ」

言葉とは裏腹に、『びっくりした』様子はあまりない。

「いや、ちょっと話したくて」

来たはいいが、どう話を切り出せばいいのか、まったく考えていなかったことに今更ながら小野上は気づき愕然とした。

「なんだ？　まあ、入ってくれ」

不思議そうにしながらも新城が小野上を招き入れる。何度も来たことがある部屋だが、やはり警察官には分不相応なほど豪奢だ、と、案内されたリビングダイニングを見渡しながらその思いを小野上は新たにしていた。

「車か？」

「いや」

「それなら飲めるな。お前の生還祝いにシャンパンでも開けるか」

座っていてくれ、と言葉を残し、新城が笑顔でキッチンへと消える。いかにも高級そうな白い革のソファに腰を下ろすと小野上は、まずは何を聞けばいいのだろうと頭の中で話を組み立て始めた。

「腹は？　減ってないか？」

「ああ」

キッチンから声をかけてくる新城の様子には不自然なところはまるでない。やはり思い違いだったのだ。小野上の中にその思いは広がっていったが、なぜか胸にはつかえのようなものがあった。

「パスタでよければすぐ作ってやるぞ」

「ありがとう。大丈夫だ。あ、お前は？」

シャンパンクーラーに入れたシャンパンのボトルを右手に、二客のフルートグラスを左手に現れた新城の顔は相変わらず端整で、そのことにも小野上は安堵した。

悪人は顔に悪行が表れるものだ。だが新城にその気配はない。

「もうすませてきた。蒔田《まきた》さんと」

「打ち解けたんだ？」

あの気難しい先輩と、と、驚いたせいで小野上の声が高くなった。

「打ち解けた……というか、うーん、美味《おい》しいメシではなかったかな」

苦笑した新城が器用にシャンパンの栓を開ける。ポン、という音が室内に響いたあとに二客のグラスにシャンパンを注ぎ、一つを小野上に差し出してきた。

「お前が生きていて本当によかった」

「……ありがとう」

もし——もしも、新城があの爆破にかかわっていたら、こんなことを笑顔で言えるものだろうか。

気づいたときには小野上は新城の顔を凝視してしまっていた。

「どうした、そんな熱い視線を送ってきて」

「え？　あ……」

はっと我に返った小野上に、ふざけた口調で新城が話しかけてきた。

「もしかして惚《ほ》れたか？　それとももっとシャンパンが欲しいのか？」

「……惚れては……」

ないよ、と笑って返そうとした小野上に、新城が思わぬ人の名を告げる。

「そういやあのリチャードというプロファイラー、あいつ、お前に惚れているんじゃないか？」

「え？　リチャードが？」

なぜここで魔王の名が。目を見開いた小野上に新城が不快そうな表情で言葉を続ける。

「あいつ、俺とお前が喋《しゃべ》っているとき、凄《すご》い目で睨んできただろう？　絶対、お前に気があるよ。職権乱用でお前にちょっかいをかけないか心配なんだ。少しでもおかしな素振りをしてきたら、俺に言えよ？　断固上に抗議して、世話係を変更してもらうから」

「あ……ありがとう」

新城の目が血走っているように見え、小野上は違和感から礼を言うのが少し遅れた。それで我に返ったのか、新城が照れたように笑う。

「……悪い。なんだか心配で」

俯《うつむ》く新城をフォローすべく、小野上は口を開いた。

「気にしてない。それにリチャードが俺に気があるというのはお前の誤解だ」

「いや、誤解じゃない。俺にはわかる。あいつのお前を見る目は下心がある目だ……とはいえ、何もされていないというのなら安心だ。あいつが臆病で助かった」

ははは、と笑う新城は、心底安心しているように見える。彼は何に安堵しているのか。気になり小野上はそれを問うてみることにした。

「臆病ってどういう意味だ？　リチャードが何に臆病だと？」

「なんでもないよ。おかしな真似をされていないのであれば気にしなくていい。だが、変なことをされたら本当に俺に言えよ？　我慢することはないからな？」

「……変なことというのは、具体的にはどういうことを指すんだ？」

こうした話題は、今まで新城とはしたことがなかった。案じてくれているのはわかるが、何を案じられているのかははっきりしない。

リチャードが『魔王』だということを見抜いているようではない。それでは何が、と問いかけた小野上の前で、新城が、はあ、と大仰にもとれるほどの深い溜め息を漏らす。

「お前は鈍感過ぎる。自分に性的興味を持たれているかいないかくらいはわからないか？」

「性的興味って……」

ストレートに来たな、と小野上は目を見開いた。

「危機感がなさすぎるんだよ、お前は」

ぼそ、と新城が言い捨てるのを聞きながら小野上は、果たしてリチャードは——魔王は自分に性的興味を持っているのだろうか、と我知らぬうちに魔王へと思いを馳せていた。妻になれと言われた。疲れを取ってやるとキスもされた。生き返るためにセックスもしたと言っていた。が、そこに『性的興味』はあったのだろうか。

不意に小野上の身体《からだ》に魔王に抱かれたときに覚えた性的興奮が蘇《よみがえ》り、思わず動揺してしまった。

「どうした？　赤い顔をして」

気づかれたくなかったというのに新城が敏感に気づき、問いかけてくる。焦ったせいで小野上は、言い淀んでいたことを——ここに来た目的を口走ってしまった。

「新城、お前、俺に隠していることはないよな？」

「隠していること？」

意味がわからないというように新城が目を見開く。その瞬間小野上の中に説明しがたい違和感が芽生え、まじまじと新城の顔を見てしまった。

「なんだよ」

問い返してきた新城の頬がぴくぴくと痙攣《けいれん》しているのがわかる。

「……新城……お前……」

もしや杞憂ではなかったというのか。

今まで見たことのない友の顔を見やる小野上の胸に、改めて疑念が生まれる。

「なんだ？」

問い返してきた新城は既に『いつもどおり』の彼ではなかった。

「……聞きたいことがあるんだ」

誤解であってほしい。そう願いながらも小野上は、誤解であるはずがないという確信を胸に新城に問いを発した。

「倉庫が爆破されたことに……お前が関与しているなんてことはないよな？」

「…………………」

小野上の問いを聞いた瞬間、新城の顔から一切の表情が消えた。

新城が仮面を被《かぶ》っているかのような錯覚を覚えていた小野上に対し、その新城が問い返してくる。

「お前は……何が言いたいんだ？」

彼の声は妙に掠れ、抑揚がなかった。動揺している。なぜ。後ろ暗いことがあるからではないかと悟ったときにはもう、小野上は冷静ではいられなくなった。

「考えたんだ。倉庫が爆破されたタイミングが早すぎやしないかと。捜査本部から俺に連絡があったのは晴海埠頭に入ってからだった。それからすぐ彼らのアジトを見つけ、踏み込んだ直後にアジトは爆破された。俺が尾行していることに奴らが気づいたのも、俺がアジトに踏み込む直前だった。なのになぜ、そうも早いタイミングでアジトは爆破されたんだ？　誰がどうやって、警察に摘発されつつあることを伝えた？　内通者となり得るのは誰かと考えたときに思い当たったんだ。俺が誰より先に連絡した相手がお前だったってことに」

反論してほしい。何を馬鹿な、と笑い飛ばしてほしい。そう祈りながら小野上が見やった先では新城が強張《こわば》った顔をしている。

そこは笑い飛ばすところだろう――なぜ、そうしてくれないのか。その理由は一つしかない。確信した小野上の目の前で新城が、はあ、と息を吐く。

口を開こうとしている彼が語る言葉はどのようなものなのか。予測できるだけに小野上は己の予測が外れることを祈らずにはいられないでいた。

8

「小野上、お前は何が言いたいんだ？」

今や新城の顔ははっきりと引き攣っていた。

「俺が言いたいのも、聞きたいのも一つだけだ」

言いながら、諦観ともいうべき感情に囚《とら》われていた小野上が、己の思いを口にする。

「……お前は、真っ当な警察官だと……思っていいんだよな？」

「……当たり前だろう」

おそらく新城としては笑い飛ばすことで誤魔化そうとしたのだろう。しかしそんな強張った顔では誤魔化されはしない、と小野上は新城に問いを重ねた。

「本当にお前は、あのときの倉庫爆破には関与していないんだな？　俺の目にはとてもそうは見えないんだが」

「お前の目にはどう見えてるっていうんだ？」

新城の顔からはいつの間にか笑みが消えていた。ごくり、と彼の喉が鳴る音が小野上の耳にも届く。

もう、答えは出た。もしも新城が潔白であったなら、彼のリアクションは違っただろう。

『頭、大丈夫か？』

本気でそう心配するか、または、

『冗談でも言っていいことと悪いことがあるぞ』

と激怒するか。どちらにせよ胸を張り疑惑を否定したに違いない。

しかし今、小野上の目の前にいる新城の顔は青ざめ、目は異様にギラギラと光っている。

なんとか言い逃れようとしている顔ではないかと察した小野上の口から、ぽつりと言葉が漏れた。

「新城……どうしてだ？」

「理由……？」

問い返してきた新城の瞳が見開かれた直後、はあ、と深い溜め息が彼の口から漏れた。

「……飲もう」

そうして彼はあたかも何事もなかったかのように、シャンパングラスを再び取り上げ飲もうとしたが、既に空に近いことに気づいたらしく、ボトルを摑《つか》む。

「………」

小野上はそんな彼の動作を凝視していた。

「睨むなよ。素面《しらふ》じゃ辛《つら》い。飲みながら説明させてもらう」

新城の口調は穏やかで、自身のグラスを見つめる目には諦観が表れているように見えた。

新城は身を乗り出し、小野上のグラスもシャンパンで満たすと、また、はあ、と息を吐いたあと、自身のグラスを一気に空けた。

「美味《うま》い。お前と飲もうと思って買っておいたこのシャンパン、いくらだと思う？」

「………………高いんだろう？」

お前もお零《こぼ》れをもらっているんだぞと言いたいのだろうか。眉を顰めつつ問い返した小野上に、新城が笑う。

「高い。が、別に俺は贅沢がしたいわけじゃない。この住居も、この服も、この時計も、勿論気に入ってはいる。だが『このため』じゃない。これはいわば……副産物だ。奴らが俺を繋《つな》ぎとめておくための、なんといえばいいかな……保証のようなものだった。これだけ贅沢させてやるんだから裏切るな、といった」

「……やっぱりお前だったんだな。内通者は」

認めたということだろう。それを確かめにきたというのに、確認を取る小野上の声は震えてしまっていた。

「ああ」

一方、新城は余裕を取り戻しており、先程飲み干したグラスに新たにシャンパンを注ぎながら喋り始める。

「さすがＦＢＩ、人身売買組織の黒幕は大陸マフィアだ。俺の役割は彼らの手足となる日本の暴力団員を斡旋することだった。人身売買取引が摘発された場合、逮捕されるのは『手足』で黒幕には達しない。『手足』だから発覚しそうになったときには簡単に切り捨てられる。大陸マフィアの長は向こうでは清廉潔白でとおっている政治家でね。黒い噂が少しでも立つことを恐れているんだ」

歌うような口調で話していた新城が、グラスを手に取りシャンパンを一口飲む。

「だがここにきて、黒幕の意向が変わった。発覚しそうになったら即、証拠隠滅をという指示が出たんだ。なんでも選挙が近いそうでね。念には念を、ということらしい」

「……それで倉庫を爆破したと……？」

きっと新城は頷く。わかっていたのに本当に彼が、

「そうだ」

と平然と頷いたことに小野上はショックを覚えずにはいられなかった。

「俺も殺す気だったんだな」

「さすがに躊躇ったよ。でも一方で潮時かもしれないとも思えた。そう思うしかなかった。だから本当に驚いたし、嬉しかった。お前の命が助かったことが」

感極まった、というような顔を新城はしていた。が、彼の言葉はめちゃめちゃだ、と小野上は思わず怒声を張り上げてしまっていた。

「嬉しかっただと？　よく言えたな。お前が殺そうとしたんだろうが！　それになんだ、潮時って。金のためなら友情も終わりにする。友情になどかまっていられないと、そういうことか？」

「違うよ。友情じゃない」

新城に否定され、ますます小野上の頭に血が上る。

「友情もなかったっていうのか？　俺たちの間には！」

「友情じゃないんだ」

激高する小野上の前で新城は一瞬、泣き笑いのような顔になったあと、またグラスを一気に呷《あお》り、タンッと音を立ててテーブルに置いた。

「……最初から、友人でもなんでもなかったって言いたいのか？」

ショックを受ける自分を小野上は持て余していた。ここはショックの受けどころじゃないだろう。新城が大陸マフィアの手先となっていたことに対するショックと同等のショックを感じる。

共に過ごしてきた日々が小野上の中で走馬灯のように蘇った。確かに結ばれていると信じていた友情の絆は自分の一方的な勘違いだったというのか。

呆然としてしまっていた小野上の目の前で、それまで薄く微笑《ほほえ》んでさえいた新城の表情が一気に険しくなる。ショックのせいで小野上はそれに気づくのが遅れたのだが、不意に新城が立ち上がったことで、はっとし、彼へと視線を向けた。

「友情じゃない。俺はずっとお前が好きだった」

気づいたときには新城は小野上のすぐ傍まで来ていた。

「え？」

何を言われたのか、咄嗟に理解できずにいた小野上は、いきなり新城に腕を摑まれ、椅子から引き摺り下ろされそうになった。

「何を……っ」

する、と両足でバランスを取ろうとしたときには、新城の拳《こぶし》が小野上の鳩尾《みぞおち》に入っていた。

「うっ」

しまった、と身体を屈めたせいで露《あら》わになった項《うなじ》のあたりに手刀が叩《たた》き込まれる。その一撃は小野上の意識を奪うには充分で、半ば呆然としたまま小野上は床に倒れ込み、気を失ってしまったようだった。


「う……」

胸のむかつきと共に小野上が目を覚ましたとき、彼は薄暗い室内の、決して綺麗《きれい》とはいえない床の上に転がされていた。

両手は背中で縛られ、両足も足首と膝で拘束されている。酷い頭痛もするが、ここは一体、となんとか身体を起こそうとしていたところに、上から新城の声が降ってくる。

「目が覚めたか」

「……新城……」

新城は一人だった。ホテルの一室のようだが、使われている様子はない。どのくらいの時間、気を失っていたのかと考えていたのがわかったのか、答えを新城が教えてくれた。

「移動中目を覚まされると困るので麻酔薬を打った。間もなく迎えが来る」

「……迎え……？」

殺すということだろうか。『お迎えがくる』という意味か？　小野上が眉を顰めたのを見て新城は彼が考えたことを察したらしく、

「違う違う。言葉どおりの『迎え』だよ」

と笑ってみせた。

「お前の思考回路は面白い。殺すならなぜ、身の自由を奪ってここまで連れてきたと思う？　マンションを出るのもなかなか大変だったんだぞ」

「……お前の部屋で殺せば証拠が残る。それを避けたんじゃないのか？」

「はは、相変わらず負けず嫌いだな。俺が違うと言っているのに」

新城が楽しげに笑う。

「…………」

まるでいつもと同じだ。いつもこうしてふざけ合っていた。そのうちに新城は『冗談だ』と言い出したりしないだろうか。

『お前に疑われてショックだったから、ちょっとからかってやろうと思ったんだ。焦っただろう？』

そう言って笑い、手足の拘束を解いてくれる。

『さあ、お前のオゴリだからな。当分、飲み会はお前持ちだ』

そのくらい疑われてショックだったんだぞ。怒ってみせながらも目は笑っていて、胸の辺りを拳で小突いてきたときには二人の間のわだかまりももう、なくなっている――。

「迎えは次に『商品』を輸出する船の連中だ」

しかし新城の口から出たのはそんな、小野上に現実を思い知らせるものだった。

「ここは埠頭近くの倒産したホテルでね。間もなく取り壊しになる。ベッドはあるが、埃《ほこり》だらけで、使う気にはならないな」

ベッドを振り返り、新城が苦笑する。

「『寝る』じゃないのか？」

また新城の口調が普段のものとなったため、小野上もまたつい、いつものように聞き返してしまったのだが、それを聞いて新城はあからさまにむっとした表情となった。

「お前は本当にわかってないな。俺の気持ちも。今自分が置かれている状況も」

「……わかっているつもりだ。多少は」

そうは言ったものの、実際、小野上は未《いま》だに混乱し、理解できているとはいいがたい状態だった。

わかるのはただ、新城が自分の知っている彼ではなかったということ。警察官でありながら、大陸マフィアに取り込まれ私腹を肥やしていた。

あのマンションも身につけている高級品も、裕福な実家からではなく悪に手を染めた結果手に入れたものだった。

そして——意識を奪われる直前、彼は何を言ったんだったか。

『友情じゃない。俺はずっとお前が好きだった』

好き。

小野上も新城のことは好きだ。最も信頼し、心を許している親友と思っている。だが新城の『好き』は友情ではないという。

ということは——。

「……わかってないよ。まったく」

新城の顔が不意に歪んだかと思うと、上腕を摑まれ、ベッドの近くまで引き摺られる。

「お前を抱きたい。俺だけのものにしたい。ずっとそう願ってきた。告白しようと思ったこともあるが、お前に受け入れてもらえる自信がなかった。もしも拒絶されたらもう、お前の傍にはいられない。気持ちを隠していれば誰より近い場所にいられる。親友としてな。そのポジションは誰にも渡したくない。それで打ち明けることができなかった」

言いながら新城が強引に小野上の身体をベッドに引き摺り上げる。

「おい……っ」

彼の手が小野上のネクタイにかかり、乱暴な仕草で解《ほど》かれる。続いてシャツを摑んだかと思うとそのままボタンを引きちぎられ、前をはだけさせられた。

「道場で汗を流したあと、一緒に風呂に入っているとき、どれだけ触れたかったか。なんだ。こうして触れてしまえばよかったんだな」

小野上の裸の胸に、新城が掌《てのひら》を這《は》わせてくる。

「よせ……っ」

総毛立つほどの嫌悪を感じ、小野上は堪《たま》らず声を上げた。

「はは、やっぱり駄目だったな」

新城が自棄のように笑う。だが彼の掌は未だ、小野上の胸にあった。

「安心しろ。犯してやりたいが商品に傷はつけるなと言われている。悔しいがこのまま引き渡すよ」

「商品……だと？」

確か彼は先程、『商品』を輸送する船の連中が迎えに来る、と言っていた。まさかその『商品』というのは、と確認を取ろうとするより前に、新城が答えを口にする。

「そうだ。お前も少年少女たちに交じって『輸出』されるのさ。写真を見せたら二十八歳でも充分商品価値があると判断された。美貌は年齢を超えるんだな」

「俺を売る？　本気か？」

問うまでもなく、新城が本気であることはわかっていた。だが小野上は問わずにはいられなかった。

「ああ」

新城はじっと、小野上の胸を見つめ、擦《さす》り続けている。彼の目には今、ぎらぎらとした異様な輝きが宿っていた。

「本当だったら俺が抱きたかった。でも抱けなかった。お前に嫌われるのが怖かった」

新城が先程告げたような言葉を繰り返す。小野上にというよりは、独り言のような口調で呟く声の危うさに、胸を弄《いじ》られる気色の悪さに、声が震えそうになるのを堪《こら》えながら小野上は、なんとか彼を説得できないかと必死で訴えかけた。

「新城、俺はともかく、少年少女のことを考えてくれ。何の罪もない彼らが売られた先でどんな目に遭うか、お前だってわかっているんだろう？　そうまでしてなぜ、お前は金が欲しい？　贅沢がしたいわけじゃないんだよな？」

目を覚ましてほしい。その訴えはどうやら新城の耳に届いたらしい。

「ああ。贅沢などしたくはない。すべて、俺の正義を貫くためだ」

新城はそう言ったかと思うと、すっと小野上の胸から手を退け、その手をぎゅっと握り締めた。

「正義だと？」

人身売買に手を染めながら言う言葉ではないだろう。非難しようとしたのもわかったらしく新城は、

「最後まで聞けよ」

と小野上の言葉を封じると、滔々《とうとう》と話し始めた。

「警察官になるのは子供の頃からの夢だった。だが実際なってみたらどうだ？　お前は失望しなかったか？　馬鹿馬鹿しい縦社会。たとえ正しかろうと上が白といえば黒が白になる。そんな上層部は己の利益しか考えていない。代議士と癒着し、ヤクザを子飼いにする。腐ってると絶望した。お前はそうじゃなかったか？」

「それは……」

警察は確かに縦社会であるし、上層部の黒い噂は聞いたことがあるが、それが事実であるとは小野上には確かめようがなかった。理不尽と思うことはゼロではない。しかし目の前の

事件を追うことが己の正義だと信じ、日々過ごしてきた。

「俺は絶望はしていない」

「お前もすべてを知れば俺と同じ考えに行き着いたと思うよ」

新城は小野上の言葉を最後まで聞かず、話を再開する。

「腐った状況を打破するにはまず、上に立つことが必要だとわかった。階級も役職も下の人間には誰も耳を傾けてくれない。しかし階級が上がるのを待っていたら何年かかるかわからない。だが金があれば話は違う。金の力で上を意のままに操ることができるんだ」

新城の瞳にあったギラつきは今影を潜め、彼の瞳には強い意志の力が漲《みなぎ》っていた。己の正しいと信じる道を貫いているという自信に満ちているからこその輝きであろうが、それが正しいわけがない、と小野上は思わず叫んでいた。

「金を得るために自分が何をやっているか、わかっているのか？　人身売買だぞ？　未来のある若い子が売られた先で、どんな目に遭っていることか……っ」

「仕方がない。大義のためには多少の犠牲はやむを得ないものだ」

「本気で言ってるのか？　多少の犠牲ってなんだ。誘拐され、海外に売られた子たちの人生はどうなる？」

「だから仕方がないんだ！　俺の正義が実現すれば何倍――いや、何万倍、何千万倍の人の幸福が守られる！」

「一人の幸福も守れない人間に何千万人もの幸福が守れるわけないだろうがっ」

スタートからして間違えているとなぜわからない。激高した小野上の前で新城が溜め息を漏らす。

「お前とはわかり合えない」

「ああ、わかりたくもない。お前には心底、がっかりした」

吐き捨てたことを小野上はこの直後、後悔することとなった。

「もう、友人でもないと……そういうことか？」

押し殺した声を聞いた次の瞬間、小野上は頬を張られ、はっとして新城を見やった。

「結構。なら犯してやる。お前も俺にとっては切り捨てられるものだったと、思い知らせてやる」

新城の瞳には再びギラギラとした異様な光が戻っていた。

「商品だと言ったじゃないかっ」

ベルトを外され、スラックスを下着ごと脱がされそうになり、嫌悪から小野上はなんとかこの状況を逃れたいと必死で声を張り上げた。

「かまうものか。お前ほどの美貌があればキズモノだろうとなかろうと高く売れるさ」

あっという間に下半身を露わにされ、両脚を持ち上げられる。

「こんな終わりになるとわかっていたらな」

新城は今、泣きそうな顔をしていた。

「終わりじゃない！　やめてくれ！」

だが小野上の訴えには既に耳を傾けないと心を決めているようで、唇を噛《か》み締めながらも己のスラックスのファスナーを下ろそうとする。

「終わりだよ。どう考えたところで」

ぽつりと呟いた新城が雄を取り出そうとしたそのときだった。

『許さぬ』

小野上の頭の中で魔王の声がしたと思った直後に、新城の身体は小野上の上から、まるで突風に煽《あお》られたような勢いで吹っ飛び、壁にぶち当たって床へと落ちた。

「……え……」

目の前に竜巻のような風の流れが起こり、そこから魔王が姿を現す。

「魔王……」

名を呼ぶと魔王は小野上から目を逸《そ》らせたが、そのときには小野上の手足の緊縛は解かれ、脱がされた服も元に戻っていた。

「……あ……」

「世話をかけないでください」

ベッドから起こした身体を見下ろしていた小野上の目の前にライカが姿を現し、じろ、と

睨んで寄越す。

「だいたい少し頭を働かせればわかったはずです。手負いの獣が牙を剝かないはずはないと。あなたはやはり筋金入りの馬鹿ですね」

「…………面目ない……」

ライカの叱責はもっともだ、と小野上は項垂《うなだ》れたのだが、すぐ、新城は無事かということが気になり、彼へと駆け寄ろうとした。

「気絶しているだけだ。そうだろう？　ライカ」

と、不機嫌極まりない魔王の声が響き、小野上の注意が彼へと逸れる。

「はい。頭を強打していますが命に別状はありません。一応『吹っ飛んだ』という記憶は削除しています」

これでいいでしょう、と言いたげなライカへと視線を向けた小野上は、改めて彼に礼を言おうと頭を下げた。

「ありがとう。助かった」

「別に。あなたを助けたかったというわけではありません」

ライカはどこまでも不機嫌そうにそう言うと、じろ、と小野上を睨みつつ口を開いた。

「ご主人様のご命令に従ったまでです」

「……ということは……」

未だ魔王は魔力を使っていないのか、と魔王へと視線を向けた小野上の耳にライカの不機嫌そうな声が響く。

「間もなくここに警察が来ます。ご主人様が『リチャード』として指示を出しました。あなたの引き渡しのためにやってくる人身売買組織の一味も逮捕となり、彼らから船が割れ、今回犠牲になるところだった少年たちも救出されます」

「……それは……よかった」

安堵の息を吐いた小野上を前に、ライカは訝しげな顔になったが、すぐに言葉を続けた。

「大陸マフィアについては既に始末がついています。敵対組織との抗争を勃発させ、相打ちとさせました。日本の警察では手が出せませんから、こうした方法をとったのですが、壊滅させればどのような形を取ろうがかまいませんね？」

「ああ！　ああ、勿論！」

よかった、と心の底から喜び、安堵した小野上を、またもライカが訝しげに見る。

「なぜそうも喜ぶのです。あなた自身の幸運ではありませんよね？」

「え？」

一瞬、何を言われたのかがわからず、問い返した小野上にライカが言葉を続ける。

「まあ、今回は売られずにすんだわけですから、あなたにとってもプラスにはなりましたが」

「そういうことか」

意味がわかった、と小野上は納得した上で、なぜ自身の幸運でもないのに喜ぶのか、その理由を説明することにした。

「俺自身の幸福だよ。人身売買が行われることがなくなったんだから。多くの少年少女の危機が救われたんだ」

「人身売買組織は一つではありません。今回壊滅したのとまた別の組織が新たに参入するかもしれませんよ」

「それは……」

そうだが、と俯いた小野上の耳に、新城の言葉が蘇る。

『だから仕方がないんだ！　俺の正義が実現すれば何倍――いや、何万倍、何千万倍の人の幸福が守られる！』

聞いたときには、なんて馬鹿げたことを、と憤った言葉だったが、新城の思考は今のライカの言葉に通じるところがあったのではないか。

悪を一つ一つ摘発していったところで、根絶やしにできるわけではない。世の中の仕組みを変えないかぎり――悪が生まれる土壌を清廉なものにしないかぎり、本当の意味での解決にはならない。

だからこそ、世界を変えようと思った。そのためには金が必要だ――そういうことか、と小野上はようやく親友――と思っていた、もと相棒の思考を理解することができた。

だが決して共感はできない。唇を噛み見やった先では、新城が「う……」と呻《うめ》き起き上がろうとする。

「ほら」

と、それまで一言も口をきかなかった魔王が声を発した。

「………」

振り返った小野上の目の前に映ったのは、魔王が差し出してきた手錠だった。

「お前がかけてやるのだろう？」

「……ああ。そうだな」

新城に手錠をかけてやるのは確かに、自分が果たすべき役割かもしれない。誰より彼の傍にいたのに気づくことができなかった。

そして彼の思いにも——。歩み寄り、起き上がろうとする新城の手首に手錠を当てる。

「………」

新城の意識は朦朧《もうろう》としていたようだったが、手錠の冷たさにはっきり目覚めたようで、はっとした顔になったあと、視線を小野上へと向けてきた。

「……終わったってことだよな」

今、新城は微笑んでいた。肩の荷を下ろしたかのように見える彼に小野上は、自分こそがかけるべきであろうという言葉を新城に告げる。

「終わりじゃない。これから始まるんだ。罪の償いが」

「………なあ、小野上」

新城が泣き笑いのような顔になり、小野上を見る。

「なんだ」

「死なせてくれないか?」

「馬鹿か」

きっぱり言い捨てた小野上に新城が「だよな」と苦笑する。

「親が気の毒でな」

「お前に死なれたほうが気の毒だ」

「出来の悪い息子でも?」

「当たり前だろう」

やり取りはいつもどおりだった。が、違和感は否めない。同じことを新城も感じたようで、ふっと笑ったあと、改めて小野上を見つめてきた。

「悪かったな。色々と」

「……殺そうとしたことか? それとも、売ろうとしたことか?」

小野上の問いに新城が肩を竦《すく》める。

「両方だ。『いろいろ』と言ったろう」

そして視線を魔王へと向けると、感嘆の息を漏らす。

「さすがＦＢＩ。まさかこんなあっという間にこの場所を突き止められるとは思いませんでしたよ」

魔王はなんと答えるのだろう。小野上が注目する中、『リチャード』に扮した魔王が淡々とした口調でこう告げる。

「悪事は必ず露呈する。わかってやっていたのだろう？」

「……確かに……常に覚悟はしていました」

新城の顔には諦観が表れていた。

「悪かった」

カチャ、と手錠をかけたとき、新城は再び小野上に詫びたが、小野上が言葉を返すより前に室内に大勢の警察官が雪崩《なだれ》込んできたため、会話を続けることはできなかった。

「リチャードさん、小野上、一体これはどういうことなんだ？」

駆けつけてきた今西係長が青ざめた顔で問いかけてくる。

「彼は素直に吐きますよ」

小野上が言葉を選んでいるうちにリチャードはそう言うと、今まさに引き立てられていく『彼』を――新城を見やった。新城もまたリチャードを見返し、微笑む。

「係長、リチャードさんの言うとおり、なんでも喋りますのでご安心ください」

「お前は……っ」

今西が絶句する中、新城が部屋を出ていく。ドアから出る瞬間、新城は小野上を見て唇を動かした。彼が何を言おうとしたのか察していた小野上の口から溜め息が漏れる。

『ごめん』

それこそ『ごめんですんだら警察はいらない』と言ってやりたい。その返しを待っているに違いない『親友』を見返す小野上の目の前で新城は引き立てられていってしまった。

かけがえのない友を失った実感をひしひしと覚えながらも小野上は、新城が更生の道を歩み、いつの日にかまた、ああいえばこういうと周囲に揶揄《やゆ》されるような日常会話を交わせる日が来るといいと、祈らずにはいられなかった。

9

本人が宣言したとおり、新城は実に素直に己がかかわっていた犯罪について自供した。リチャードに現場を押さえられたと思い込まされているからもあるだろうが、今西係長によると、憑《つ》きものが落ちたかのようだということから小野上は、新城の中で何か吹っ切れるものがあったのだろうと察したのだった。

麻酔薬を使われたために、救出されたときには少しふらついていた小野上は、入院を勧められたが、病院に行くまでもないと申告し、寮で身体を休めることにした。

リチャードは上層部に状況の説明を求められ、警視庁に残ることになった。付き添いをつけるといわれたが、一人で大丈夫だと小野上は断り、単身、寮に戻った。

一人になると、どっと疲労が押し寄せてきて、小野上はベッドに横たわり天井を見上げた。

自然と唇から溜め息が漏れる。

今更ながら、新城が人身売買にかかわっていたことに対するショックがじわじわと湧き起こってくる。

彼はどこで間違えてしまったのだろう。新城の言葉を信じれば、未だ正義の心は失っていない。歪んでしまっただけだ。その歪みに気づいてやることができていれば、彼が犯罪組織に取り込まれることはなかったのではないか。

誰より近くにいたのに、なぜ気づいてやれなかったのか。

またも溜め息を漏らした小野上の耳に、呆《あき》れ返ったライカの声が響いた。

「長年に亘《わた》る自分への恋心にすら気づかなかったあなたが、気づけるわけがないでしょう」

厳しい言葉に、ズキ、と胸が痛む思いがする。だが事実だ、と小野上は、姿を現したライカに向かい頷いた。

「……そのとおりだ」

「カァ」

と、不意に鴉《からす》の鳴き声がしたと同時にキースも姿を現し、仰向《あおむ》けに横たわる小野上の上で、また、

「カァ」

と鳴いてみせる。

「煙草か？　ちょっと待ってくれるかな」

起き上がろうとした小野上にキースが不満そうに「カァ」と鳴く。

「慰めに来たんですよ。私があなたを苛《いじ》めていると思ったんでしょう」

ライカの口調は相変わらず棘《とげ》があったが、説明してくれるのはありがたい、と小野上は身

体を起こすとライカに向かい頭を下げた。

「そういうことか。教えてくれてありがとう」

そしてキースに向かっても礼を言う。

「ありがとう。でも苛められてはいないよ」

「カァ」

キースが首を傾げたのがわかる。

「苛めてますけど」

ライカに言われ、小野上は思わず噴き出した。

「そうか。苛められていたんだ」

笑ったあとに、不快そうな顔をしているライカに問いかける。

「俺も俺の前世も嫌いと言ってたよな」

「前々々々々世です。あなたの前世は鸚鵡《おうむ》ですから」

『嫌い』と言いながらも問えばなんでも答えてくれる。やはりいい人だよなと思いながら小野上は、気になっていたことをこの機会に問うてみることにした。

「魔王はなぜ、俺を魔界に連れていかないんだと思うか？」

「………………さあ」

途端に戸惑った顔になったライカに、小野上は問いを重ねた。

「俺では不満ということかな。その気がなくなったとか」

「それはありません。あなたはマリーンの生まれかわりですから」

きっぱり言い切ったライカに、小野上は更に問いかけた。

「マリーンは自殺したということだったよな？　原因は？」

「わかりません。私が聞きたいくらいです」

ライカがキッと小野上を見据え話し出す。

「あのときのことは忘れようにも忘れられません。マリーンは確かにご主人様の求愛を受け入れました。それでご主人様は彼を不老不死にする儀式を執り行おうとしていらした。なのに彼は自害したのです。あなたにならわかりますか？　なぜ彼が死を選んだのか。ご主人様は未だにそのときのショックを引き摺っていらっしゃる。教えてください。マリーンは――あなたの前々々々世は一体何を考えていたのです。なぜ自ら命を絶つなどという愚行に及んだのですか。何が不満だったと言うんですか」

「落ち着いてくれ。俺はマリーンじゃない。俺には彼の気持ちはわからないよ」

聞かれたところで、と告げた小野上の前で、ライカは我に返った様子となるとバツの悪そうな顔で、言い訳としか思えない言葉を口にした。

「すみません。あなたとマリーンはあまりに顔が似ているもので混乱してしまったようです。私としたことが……」

「いや、それはいいんだが……」

ライカに謝られるなど居心地が悪い。その思考はやはり彼に読まれ、

「どういう意味ですか」

と睨まれた。

「いや、ともかく、願いは叶えてもらったので、魔界に連れていってくれてかまわないんだが」

無駄な言い争いをするよりは前向きな話をしよう、と小野上は話題を戻し、改めてライカに向き直るとそう告げた。

「私もそうしたいところです。しかし……」

ライカが言葉を続けようとしたそのとき、空間に黒い竜巻のような渦が起こった直後、そこから魔王が姿を現す。

「ライカ」

「はい」

魔王が声をかけるとライカは一礼し、すっと姿を消した。

「外してくれと言った」

どうした、と目を見開いた小野上に、魔王が説明してくれる。

「そうだったんだ」

頷いたあと小野上は、まずは礼を言わねばと魔王に向かい頭を下げた。

「願いを叶えてくれてありがとう。これで心置きなく死ぬことができる」

「死なせるものか」

魔王がぎょっとした顔になり、言い放つ。

「あ、悪い。魔界に行くというのは死ぬこととは違うのか。なんといえばいいのか……この世から消えることができる、か？」

「……それもなんだか後ろ向きに聞こえるな」

魔王の表情は相変わらず暗い。何か気になることでもあるのだろうか。『悩む』というよりはどちらかというと『落ち込んでいる』ように見えるが、気が晴れない理由は果たしてなんなのか。

原因は自分にあるのだろうか。とはいえ人の心を読む能力など端《はな》から持ち合わせていないのでわかりようもないのだが。

こういうときに相手の心が読めるといいのに、と考えていた小野上に、魔王が問いかけてくる。

「お前の望みはなんだ。この世界に留まることか？」

「え？」

何を今更、と小野上は驚いたせいで高い声を上げてしまった。

「俺の望みは叶えてもらった。それと引き換えに俺があなたの望みを叶えると、そういう話だったよな？」

要はギブアンドテイクだ。ギブだけしてもらってテイクをしないのは人の道に反する。自分としては納得ができていないのだから、連れていってくれればいいのに。

何を躊躇っているのかと、小野上の中で疑問が膨らんでくる。

「…………しかし、お前は私の妻になることを望んではいない」

魔王の表情にますます暗い影が差す。

「望んでいるかいないかとなると、まあ、そうだが……」

最初はそれでもいい、魔力で気持ちを変えればいいと言っていたではないか、と言おうとした小野上に、魔王が暗い表情のままぽつりと言葉を零す。

「やはりお前も最後の最後で私の求愛を拒絶するのだろうな」

「……なに……？」

意味がわからず、問い返そうとした小野上を、魔王がじっと見据えてくる。

「……っ」

きつい眼差《まなざ》し。心の奥底まで見透かされそうだが、彼は『読める』のに自分の心を読もうとしない。

自分が『読むな』と言ったからとはいえ、なぜ我が儘《わがまま》を聞いてもらえているのか、と改めて疑問を覚えていた小野上は、続く魔王の言葉に衝撃を覚え、息を呑んだ。

「マリーンは自害したのではない。私が殺した」

「……っ」

彼は今、何を言った？　目を見開いた小野上の目に、苦悩に満ちた魔王の顔が映る。

「最後の最後で、私の求愛を拒絶した。妻になるのは嫌だと。激高した私は彼を——刺した。私の剣で」

「だがライカは、自害と……」

言っていた、と告げようとした小野上に対し、魔王が苦悩に満ちた顔でこう告げる。

「私が刺した。ライカはいいように誤解しているのだ。死んだときになぜかマリーンが、私が彼の胸に刺した剣の柄《つか》を両手で握っていたから」

「………」

何を言えばいいのか。声を失っていた小野上に向かい、魔王が微笑み、一言言葉を残す。

「もう、殺したくはない。愛しい人を」

次の瞬間、魔王の姿は煙のように消えてしまった。

「おい……っ」

消える直前、魔王はまるで泣いているかのような表情を浮かべていた。つらくてたまらないと思っている。その心情をこれでもかというほどに物語っていたように思う、と小野上は彼が消えた空間を見つめ、暫し呆然としてしまっていた。

今の話は——真実、なのだろうか。

魔王が嘘をつく理由はない。しかしまさか、自分の前々々々世が魔王に殺されていたとは、と小野上は頭の整理をすべく、今知り得た情報をまとめ始めた。

マリーンは——魔王の思い人であり、自分の前々々々々世だという彼は、自害ではなかった。魔王が殺したという。

理由は、土壇場でプロポーズを断られたから。

『最後の最後で』断ったということは、それまでの関係は良好だったと考えられる。断られた魔王が激高したというのであれば、それまでは蜜月状態だったと考えるのが妥当だろう。

なのにマリーンはプロポーズを断った。なぜだ？　他に好きな相手ができたとか？

もしそうであったのなら、魔王はマリーンの生まれかわりを追い求めるだろうか。

「…………」

犬に、鸚鵡に、そして人に、と転生を追いかけてきたのはそこに愛があるからではないか。

しかも魔王は生まれかわりである自分を妻にするつもりで生き返らせたと言っていた。

『お前はマリーンの生まれかわりだ。無条件に私を愛するのではないのか』

魔王の愕然とした顔が小野上の脳裏に蘇る。

そうだ。最初魔王は生まれかわり、イコール同じキャラクターと思い込んでいる節があった。

だとしたらますます、違和感が増す、と小野上は再び首を傾げた。

自分から気持ちが離れた相手であっても妻に迎えたいと願うものだろうか。自分だったらお断りだ。己への愛が冷めたとわかっている相手を妻になど迎えたくはない。

魔王は違ったというのだろうか。たとえ自分への愛が冷めた相手であっても未だ愛し続けていると？

そもそも自分の前々々々世は何を考えていたのか。本当に他に好きな相手ができたのか。それともプロポーズを断ったのは他に理由があったのか。

「……わかるわけがないよな」

どれほど考えたところで自分はマリーンではないのだから。溜め息を漏らしてしまっていた小野上の胸には自分にも説明しかねる感情が芽生えていた。

憤り——とでもいうのだろうか何を憤っているのかと己の胸に聞いてみた結果、思いもかけない結論が導き出される。

魔王にあんな苦しげな表情を浮かべさせたくはなかった。自分の心の中にある予想もしていなかった感情に戸惑いを覚えた小野上の口から呟きが漏れる。

「馬鹿な……」

馬鹿は自分だ。己の声が耳に響いた傍から自分に突っ込みを入れてしまう。

実際、魔王とマリーンの間で何が起こっていたのか。状況はまるでわからない。生まれかわりであろうと、自分は前々々々世本人ではないのだからわかるはずもないのだが、それが酷く悔しく感じられる。

なぜそんな気持ちになるのか。自分で自分の心がわからないなど、それこそ馬鹿げている。わからないわけではないのだろう。ただ、認めたくないだけで。

そんな自分の思考から自然と目を逸らせてしまっていた小野上の脳裏にはそのときはっきりと、マリーンを殺したのは自分だと告白してきたときの魔王の苦しげな表情が浮かんでいた。


その夜、小野上は夢を見た。

以前も一度見たことのある、不思議な夢だった。

『我が妻になってほしい。未来永劫、お前を愛すると誓う』

『でも……私の命は有限です』

魔王相手に喋っているのは自分だった。だが声音《こわね》は少し高い気がする。そして髪。こんなに髪を伸ばしたことはない。

これはもしや――前々々々世の記憶なのだろうか。生まれかわりだと記憶も共有されるものなのか。

それともこれは単なる自分の夢なのか。どちらとも判断がつかないまま、小野上は『マリーン』として魔王と向かい合っていた。

『問題ない。私の妻になればお前にも永遠の命が与えられる』

『永遠……』

そのとき小野上の胸は、なぜかズキリと痛み、どうしたことか、と己の胸へと手を当てた。

『そうだ。文字どおり未来永劫だ。お前と過ごす未来が楽しみで仕方がない』

魔王は言葉どおり、心の底から嬉しそうな顔をしていた。こんな明るい、そして甘い表情、見たことはない。自分の前では魔王は常に不機嫌そうだった。

不機嫌な理由はわかっている。求愛を断り続けてきたからだ。それはわかっているが、やはり面白くない。

ん？

なんだ、この感情は。首を傾げていた小野上の胸に、自分のものではない感情が一気に流れ込んでくる。

『永遠――私に、魔王様に永遠に愛される価値などあるだろうか。私はこうもつまらない人間だ。きっと魔王様は私に飽きる。魔王様の愛を失ったあとも永遠に生きなければならないとしたら。そんな孤独には耐えられる気がしない』

なんてネガティブな。小野上が抱いた感想はまずそれだった。

この感情が誰のものなのかはすぐにわかった。幸福に満ちた笑顔を向けられている相手。自分の前々々々世だというマリーンという男の思考に違いない。

なぜ彼は魔王の愛を信じないのか。なぜ自分をそうも『つまらない人間』と思うのか。

小野上は自らを振り返ってみた。自分をつまらない男と思うか？　優れていると思いはしないが、自分のことは嫌いではない。誰に相応《ふさわ》しいとか相応しくないとかは、今までの人生でまったく考えたことがなかった。

魔王が『永遠の愛を誓う』と言っているのだ。信じればいいではないか。なのになぜマリーンはそうも悲観的に思うのか。

『愛しているから。魔王様を過ぎるほどに愛しているから、愛を失うときのことを考えるともう、我慢ができない』

小野上が抱いた疑問に答えるマリーンの声が頭の中で響く。

会話ができるのか、と小野上はマリーンに訴えかけてみた。

「そういうのを『杞憂』っていうんだ。今は愛されているんだからいいじゃないか」

『……それでも私は……怖い……』

マリーンの声は震えていた。思い詰めているらしい彼の様子が気になり、小野上は尚も訴えかけた。

「怖いも何も。まだ起こってもいないことを想像して案じるなんて馬鹿げている。まずは目の前の魔王を見ろ。俺にはあんな顔をしてくれないんだぞ」

『魔王様……』

頭の中で聞こえるマリーンの声音に熱が籠《こ》もったのがわかる。

『愛しています。魔王様。魔王様は今は私を愛してくださっている。これほどの幸運があるだろうか』

「そうだ。お前は充分幸せなはずだよ！」

漸《ようや》く気づいたか、と小野上が安堵したのも束の間、熱っぽい状態のままマリーンの思考が続いていく。

『魔王様の愛が私に注がれている今、この瞬間に時が止まってくれたらどれだけ幸せなことだろう。しかし時を止めることなど私にできようはずもない。それならいっそ、この瞬間にすべてを終わらせてしまったら？　私の命が今尽きたとしたら魔王様に捨てられる未来はない』

「おいっ」

何を考えているんだ、と叫んだ小野上の声は、既にマリーンには届いていないようだった。

『そうだ。今この瞬間に命が尽きれば、魔王様に愛されたまま死ぬことができる。彼の愛を失うことをもう恐れずにすむのだ。今、終わりを迎えれば』

「馬鹿なことを考えるのはよせ。本気か？　そんな理由で死ぬなんて、どうかしている！」

小野上が何を言っても、マリーンはもう、聞く耳を持ってはくれなかった。

『魔王様が帰ったら自ら命を絶とう。魔王様は私が死んだら悲しんでくれるだろうか。きっと悲しんでくれるに違いない。今、彼は私を愛してくれているのだから』

「悲しむだろうよ！　生きていてくれたほうが喜ぶってわかってるんだろう？　ならもう、死ぬとか考えるな。どうぞお幸せに！」

最後は悪態になってしまった。なんだか苛《いら》ついて仕方がない。なぜ、愛を失うことばかりを考えるのか。今死んだら、魔王がどれだけ悲しむか、わかっていて尚死を望むのか。信じられない、と憤っていた小野上の前で、魔王が呆然とした顔になる。

『お前は今、何を言った……？』

「……っ」

頭の中で響く声はマリーンの心情で、彼の口からは別の言葉が魔王に向かって放たれていたらしい。

彼は何を言ったのか、と注目する中、マリーンが口を開く。

『やはりあなたの妻には……なれません』

『なぜだ。私を愛していないのか』

魔王が激高した声を上げる。

『愛しています。でも、妻にはなれない。永遠の命は……私には荷が勝ちすぎています』

『意味がわからない。愛しているのか、いないのか』

『愛しています』

『なのになぜ妻にはならないと？』

『ならないのではなく、なれないのです』

『なぜなれない。なれるかどうかを決めるのは誰だ？　私だ』

『……私は……なりたくないのです』

マリーンが苦渋に満ちた表情でそう告げる。その瞬間、魔王の悲愴感溢《あふ》れる声が響き渡った。

『妻にはなりたくないだと？　やはり私を愛していないのではないか！』

そのとき小野上の耳に、信じがたいマリーンの心の声が響いた。

『ああ、もしこの瞬間、魔王様に命を奪っていただけたら、どれだけ幸せなことだろう』

お前は何を考えているんだ‼

小野上は今、真剣に怒っていた。胸の中に溢れてくるマリーンの感情が、胸糞悪くて堪らない。

「お前は自分のことしか考えられないのか！　お前を殺したあと、魔王がどれだけ苦しむか、なぜ考えようとしないんだ！」

　小野上の声はやはり、マリーンの心にはまったく響かないようだった。マリーンが魔王を真《ま》っ直《す》ぐに見上げ、口を開く。

『あなたを愛しています。でもあなたの妻にはなれません。この世に生があるかぎり』

『なんと……っ』

　魔王の目がカッと見開かれた次の瞬間、彼の手が腰に下げていた剣の柄にかかった。

「よせ！　魔王！」

　小野上の叫びは魔王にも届かない。剣を抜いた姿を見た瞬間、マリーンのそれは幸せそうな声が小野上の頭の中で響いた。

『愛しています。魔王様。私は本当に幸せでした』

「最低だ‼　お前は‼」

　叫んだと同時に小野上は夢から目覚めた。気づけばベッドの上で上体を起こしていた彼は、まず自分の腕を見下ろし、続いてその手で髪を触る。

「……短い」

　夢の中の『自分』の――マリーンの髪は長かった。よかった、自分だと息を吐いた直後小野上は思わず大声で叫んでいた。

「魔王！　来てくれ！　魔王！」

途端に空間に黒い竜巻が生じ、魔王が姿を現す。

「なんだ、騒々しい」

不快そうに眉を顰めた魔王の顔を見たとき、小野上の胸になんともいえない感情が芽生えた。

胸が軋《きし》むような気持ち。痛み、といってもいい。マリーンに対してはああも柔らかい、愛に満ちた表情を浮かべていたというのに。

向けられる視線がこうも違うというのはそのまま、彼の抱く思いそのものが違うということではないのか。

マリーンのことは愛していたが、自分のことは愛していないのでは。

「おい、どうした。呼び出しておいてだんまりとは」

ますます不快そうになった魔王にそう声をかけられ、小野上ははっと我に返ると同時に酷く動揺した。

なんだこの感情は。魔王に愛されていないことにショックを受けるのも変だし、マリーンを羨《うらや》むような気持ちになるのもおかしい。

まるで嫉妬しているかのようじゃないか。自分の感情がコントロールできずにいた小野上に、魔王が再び声をかけてくる。

「どうした？　顔色が悪いぞ」

「いや、なんでもない」

案じてもらえて嬉しいと思う気持ち。これはもしや。

正解を認める勇気は、未だ小野上には備わっていなかった。まずは魔王に真実を告げねば。

それゆえ呼び出したのだから、と気持ちを必死で立て直し、魔王を見やる。

「なんだ？」

顔つきで小野上の覚悟を悟ってくれたのか、魔王が眉を顰めつつじっと目を見つめてくる。

きっと彼の顔は自分の話を聞いたあとには、憎しみに歪むことになるに違いない。そんな
彼を前にしたとき、自分が感じるであろう胸の痛みへの覚悟を固めると小野上は、

「話したいことがある」

と切り出し、考えをまとめるため一旦息を吐いた。

「話？　なんだ？」

問いかけてきた魔王の表情が、続く小野上の言葉を聞いた瞬間、微《かす》かに強張る。

「夢を見た。多分、前々々々々世の記憶だと思う。マリーンがあなたに殺されたときの夢だった」

「…………」

魔王は何も言わずに小野上を見つめている。だが彼が緊張していることは小野上にはよくわかった。

「あなたはマリーンに妻になってほしいと告げた。未来永劫、愛すると誓うと」

「……それは以前、私がお前に話したのではないか？」

要は、単なる夢だろうと言いたいのか。目を伏せた魔王に小野上は、更に言葉を続けていった。

「マリーンは、自分の命は有限だと言った。あなたは彼に、問題はない、自分と結婚すれば永遠の命が与えられると告げた。マリーンはそれを聞いて黙り込んだあと、妻にはなれないと言った」

「…………それは…………」

魔王が、はっとした顔になる。やはりあれは自分の前々々々世の——マリーンの記憶だったのだと確信しながら小野上は魔王を見つめ、話を続けた。

「なぜなれないのか、彼は口にはしなかった。あなたは聞いた。自分を愛していないのかと。マリーンは愛しているが、あなたの妻にはなれないと答えた。永遠の命は自分には荷が勝ちすぎていると」

「ああ、そうだ。確かに彼はそう言った。何百年経とうが忘れることなどできようはずがない」

魔王は今、この上ないほど悲しげな顔をしていた。すべてを話すことが魔王にとっていいことなのかよくないことなのか、その判断を自分がつけていいのかはわからない。しかし、話せばおそらくマリーンを殺したという彼の罪悪感を払拭することはできる。

それ以上に傷つけてしまうかもしれないが。案じながらも小野上は、今や食い入るように自分を見つめている魔王の目を見つめ返し口を開いた。

「あなたとマリーンは言い合いになり、マリーンが『妻にはなりたくない』と言ったことにあなたは激高した。そして剣を抜いた」

「ああ」

魔王が悲愴感漂う顔で頷く。

「なぜマリーンがあなたの妻になれないと言ったか、俺にはその理由がわかる。彼の心の声を聞いたから」

小野上の言葉に魔王は何かを言いかけた。が、結局は何も言わずに俯いた。

「聞きたくない」

魔王の口からぽつりと言葉が零れる。

「聞いたほうがいい。彼はあなたを愛していた」

このまま消えては困る。マリーンの死には魔王はなんの責任もない。彼の卑怯な心根を聞き、罪悪感から逃れてほしい。

なぜ自分がそうも必死になっているのかわからないまま、小野上は焦るあまり自然と早口になってしまいながら言葉を続けた。

「マリーンはあなたを愛していた。求婚されて喜んだ。だが未来永劫、永遠に、と言われて躊躇《ちゅうちょ》した。自分に自信がなかったから」

「……自信？」

魔王が聞く気になってくれたことに内心ほっとしながら小野上は「そうだ」と頷き言葉を続けた。

「自分はあなたに永遠に愛されるような価値のある人間ではないと。きっとあなたは自分に飽きてしまうとそれを恐れていた」

「馬鹿な。価値など関係はない。永遠に愛するという私の言葉をなぜ、信じてくれなかった」

そのときの記憶が蘇ったのか、魔王は夢で見たとおりの顔をしていた。

「永遠の命を得たとして、あなたの愛を失ったあとのことをマリーンは考えた。馬鹿げた話だ。そんな未来を恐れ、今この瞬間に——あなたが自分を愛しているこの瞬間に時間がとまればいいと願った」

「……なに……？」

魔王はどうやら、『真実』に気づき始めたようだった。小野上の頭にふと、以前ライカが憎々しげに言っていた言葉が蘇る。

『ええ。マリーンはあなた同様、心を読むなとご主人様に要請するに留まらず、私にも読まれたくないと言い、ご主人様は彼の希望を叶えました。結果どうなったと思います？』

『自害したんです。ご主人様の目を盗み』

そうだ。彼の言葉は正しかった。あれは間違いなく『自害』だった。己を愛する魔王の力を借りての自害。

もし魔王が彼の気持ちを読んでいたら、回避することができた。せめてライカに読むなと禁じていなかったら、マリーンの気持ちを知る手立てはあった。

通常、他人の気持ちを『知る』ことなどできないものだが、魔王にはその力があるのに使わなかった。それほど愛されていたというのになぜ、マリーンにはその愛が伝わらなかったのか。

本当に腹立たしい。湧き上がる怒りのままに小野上は、考える余裕をなくした状態で言葉を続けていった。

「時を止めることなどできない。それなら命が尽きるといいと願った。激高するあなたを前にあいつが何を考えたかわかるか？　あなたが殺してくれたらこれほどの幸せはないと、そんな卑怯なことを考えていたんだ。あの男は」

「…………」

魔王が目を見開く。が何も言わない。怒りを感じてほしいのになぜ、魔王の顔にはなんの表情も表れないのだと、そのことにも苛立ちが増し、小野上はほぼ怒鳴るような声音で喋り続けた。

「あなたに剣を抜かせようとしてあいつは、この世に生がある限り、あなたの妻にはなれないと言ったんだ。あなたに殺される直前、あいつは『愛しています、魔王様』と喜んでいた。あいつは自分のことばかりだ。残されたあなたが何を思うか、何を感じるかをまったく考えていなかった。卑怯で、自分勝手で、本当に……っ」

「もういい」

興奮し、高くなっていた小野上の声を、魔王は静かな声音で制したあとに、すっと手を差し伸べてきた。

「……あ……」

何もなかったはずのその手には白いレースのハンカチが握られている。

「泣きながら怒るとは器用だな」

魔王がふっと笑って小野上にハンカチを手渡す。彼に言われるまで、自分が涙を流しているとは気づいていなかった、とハンカチを持っていない方の手で小野上が己の頬を触った、そのときにはもう魔王の姿は小野上の前から消えていた。

「……え？」

どうして、と周囲を見渡す小野上の頭の中で魔王の声が響く。

『それでも私は愛していたのだ』

「……ああ……」

気づけばマリーンのことを口汚く罵《ののし》ってしまっていた。それに腹を立てたのかもしれない。誰しも愛する人の悪口など聞きたいものではないだろうから。

しまったな、と反省する小野上の胸がずきりと痛む。

この胸の痛みはなんなのか。最早彼は『正解』に辿り着いていたというのに、それを認める勇気は未だ持てず、魔王に渡されたハンカチを握り締めたまま呆然と立ち尽くしてしまっていた。

眠れぬ夜を過ごした小野上だったが、翌朝目覚めたとき、状況が変わっていることに気づかされたのだった。

「大丈夫ですか？」

部屋に様子を見にきた後輩が、今西係長からの通達を伝えて寄越した。

「出られるようなら新城さんの取り調べに同席してほしいということでした。取り調べは今西さんじきじきに行っているんですが、ペアを組んでいた小野上さんを同席させることで誤魔化しを防ぎたいって。それにしても新城さんが内通者だったなんて、本当にショックですよね」

言葉どおり、落ち込んでいる様子の後輩の肩を小野上が叩いてやると、後輩は顔を上げ熱い視線を向けてきた。

「それにしても小野上さん、凄いです。自ら囮《おとり》になって新城さんだけでなく人身売買組織をも逮捕させるなんて」

「いや、俺じゃない。気づいたのも逮捕したのもリチャードだから」

世辞かもしれないが、全部自分の手柄にするわけにはいかない、と笑って訂正を入れた小野上は、後輩のリアクションに唖然《あぜん》とすることになった。

「リチャードって誰です？」

「えっ？」

冗談を言っているようではない。まさか本気かと驚きながらも小野上は、後輩に確認を取った。もしや名前を知らないのかも、と思いついたせいもある。

「ＦＢＩのプロファイラーだよ。人身売買の組織摘発のためにやってきた……」

「何ドラマみたいなこと、言ってるんですか。初耳ですよ。ＦＢＩなんて」

「……え？」

後輩も確かに捜査会議には出席していた。なのにリチャードを知らないどころか、ＦＢＩを『ドラマみたい』と評している。

これは一体どういうことなのか。からかわれているという感じではないとわかったのは、後輩が心配そうに顔を覗《のぞ》き込んできたからだった。

「大丈夫ですか？　熱でもあるんでしょうか。体調がすぐれないようなら出勤は見合わせていいと今西さんも言ってますから……」

「あ、いや。大丈夫だ。悪い。ちょっと混乱した。寝ぼけたみたいだ」

慌てて言い訳をしながらも小野上は、嫌な予感が湧き起こってくるのを感じていた。

「本当に大丈夫ですか？」

尚も案じてくれる後輩を「大丈夫」と笑顔で送り出すと小野上は急いで魔王のために用意された部屋へと向かった。

ノックもなくドアを開き、愕然とする。中は通常どおりの部屋で、あの目も眩《くら》むような宮殿のごとき空間は広がっていなかった。

「魔王！」

呼びかけたが答えはない。

「ライカ！　キース！」

それなら、と二人——一人と一匹であったが——の名を呼んだが、やはり反応はなかった。

何がなんだかわからない。が、もう魔王はこの世界にいないということだけは理解できた。

そう察したと同時に小野上の中でぷつりと何かの糸が切れ、へなへなとその場に座り込んでしまっていた。

「…………」

胸にぽっかりと穴が空いたような気持ちだ。周囲を見渡す小野上の口から、自然と深い溜め息が漏れる。

あまりに深い溜め息をついてしまったことに小野上は動揺し、かえって気力を取り戻した。

もう出勤の時間だ、と立ち上がり部屋を出る。

ドアを閉める前にもう一度小野上は室内を振り返った。しかしそこは『普通の』寮の部屋で、また溜め息を漏らしそうになるのを堪えると、気持ちを切り換え出かける支度をするべく自室へと戻ったのだった。

職場でもFBIのプロファイラー、リチャードのことを話題にする人間はいなかった。今西の要請で新城の取り調べに同席したときにも、その名が出る気配はなかった。

新城は淡々と供述していた。小野上が部屋に入ったときにはちょうど倉庫を爆破したときの口述調書がとられていたのだが、爆破の指示を出したということを淡々と告げたあと、視線を小野上へと向け、話しかけてきた。

「こんなことを言われてもむかつくだけだろうが、お前が生きていてよかったよ」

「……確かにむかつくな」

言いながらも小野上はつい、笑ってしまった。

「なんで笑えるかね」

今西が呆れた声を上げる中、新城もまた微笑んでいたが、取り調べが再開されると彼の顔から笑みは消え、ほぼ無表情といっていい顔で供述を続けていった。

今西の言葉から、人身売買の黒幕だった大陸マフィアは敵対組織との抗争で壊滅したとわかり、ライカの言ったとおりだと小野上は心の中で密《ひそ》かに感嘆していた。

「…………」

今までならそんなことを考えようものなら、すぐにライカが現れ、

『当たり前でしょう』

と軽蔑しきった視線を向けてきたものだが、彼の声が聞こえることは結局なかった。

新城の取り調べは延々と続いたが動機について問われたとき、彼は初めて答えるのを躊躇してみせた。

「金か」

今西が問うたのに、新城は少し口を閉ざしていたが、やがて、

「はい」

と頷いただけで、小野上に語ったように、己の正義を貫くため、という言葉はついぞ彼の口から語られることはなかった。

青くさい夢だと、恥じたのだろうか。確かに青くさくはあるが理解はできた。新城は今西には理解を求めていないのか。

それを聞いてみたかったが、その話をしているときには新城は目を伏せており、拒絶されているのがわかったので小野上も口を閉ざしていた。

新城が逮捕されたことが報道されれば、彼は私腹を肥やそうとした警察官として全国に名が知られることになる。それでいいのか、と小野上は新城を見つめ続けたが、新城が顔を上げることはなかった。

新城の取り調べは途中休憩を挟みはしたが、夜まで続いた。午後七時にその日の取り調べは終了となったが、同席していただけでほぼ、喋らなかったというのに小野上は疲れ果ててしまっていた。

「お疲れ」

今西もまた疲労困憊に見えたが、小野上を労《ねぎら》ってくれた。

「俺はまったく気づかなかった。お前もそうか？」

「はい。まったく」

頷いた小野上に今西は、

「だよなあ」

と頷き返したがその表情は酷く悔しそうだった。

「刑事としての素養はピカイチだと思っていたが……」

と、ここで今西が、ふと思いついた顔になり、小野上を見た。

「？」

なんだ、と問おうとした小野上に、「いや」と言いづらそうにしながら今西が、確かに言いづらかろうという言葉を発する。

「お前は新城とは仲が良かったから、色々言われるかもしれんが……まあ、殺されかけているから、おかしな誤解を受けることはないだろう」

「……だといいんですが」

そうか。誤解を受ける可能性もあるか、と、言われてはじめて小野上はそのことに気づいた。

殺されかけたというが、倉庫は爆破されたものの自分の命は助かっている。グルだったから助かったのでは、と言う輩《やから》が出てきてもおかしくはない。

覚悟をしておけということかもしれない。小野上はそう思い今西を見やった。

「あまり考えなくていいからな」

今西はそう言い、ぽん、と小野上の肩を叩くと、飲みに誘ってきた。

「すみません、今日は帰って寝ます」

気を遣ってもらえていることはわかっていたが、体力的に限界だったこともあり、小野上は今西の誘いを断った。

「……まあ、その顔色じゃな。明日も同席を頼むことになるから、ゆっくり休めよ」

今西は気を悪くすることなく、逆に更に労ってくれながら小野上を送り出してくれた。

寮に戻ると小野上の足は自室に戻る前に、魔王に用意された客室へと向いてしまっていた。

「…………」

期待していたわけではない。しかし『いつもどおり』の室内の光景が目に飛び込んできた瞬間、小野上ははっきり落胆していた。

「魔王」

呼びかけ、返答を待つ。

「俺を魔界に連れていくんじゃないのか？　俺ばかりが望みを叶えてもらった状態になっているぞ。お前の望みはどうした？　ギブテのギブのみって気持ち悪いだろうが」

宙に向かって叫ぶ。が、反応はない。

「ライカ！　これでいいのか？　俺を魔界に連れていってくれよ」

魔王がだめならライカに願うしかない。それで小野上はライカにも呼びかけたが、少しの反応もなかった。

「…………」

やはり魔王は怒っている――のだろうか。彼の愛する人、マリーンの悪口を言ったことを。それで姿を消したのか。そんな、との思いから小野上は尚も宙に向かい叫び続けた。

「マリーンを罵ったことは謝る。でも俺は許せなかった。お前の気持ちをまるで考えることがなかった前々々々々世のことが……っ」

叫んだがやはり室内はしんとしている。魔王もライカも現れる気配がない。

あれが最後の邂逅《かいこう》だったのか。そんな。もう二度と会えないというのか。あれだけの会話で終わりだと？

そんな馬鹿な。動揺したせいもあり、小野上は尚も叫んでしまった。

「怒っているのなら謝る。頼むから姿を現してくれ……っ」

と、そのときドアが不意に開いたものだから、小野上ははっとしドアのほうを振り返った。

「勝手に入っちゃいかんよ」

入ってきたのは寮監で、怪訝《けげん》そうな顔をしている。

「あ、すみません」

声がしたので覗きに来たのだろう。内容まで聞かれていないといいのだが。恥ずかしく思いながら小野上はそそくさと部屋を出て自室へと戻った。

疲労感からベッドにどさりと横たわり天井を見上げる。

こんな別れってあるだろうか。もう二度と魔王に会うことはないのかと思うと小野上の胸は酷く痛んだ。自然とシャツのあたりを摑んでいた彼の口からぽつりと言葉が漏れる。

「魔王……」

思えば名前も知らない。『魔王』というのは役職――とは微妙に違いそうだが――みたいなものだろう。

そういえばマリーンも『魔王様』と呼びかけていた。魔王に名前はないのか。いや、そんなはずはないだろう。

魔王の名はなんというのか。リチャードというのが名前なのだろうか。あれは偽名か。本名があるとしたらどんな名前だったのだろう。

名前を知りたい。その欲求が胸に芽生えたとき、小野上はなぜ、自分がそのようなことを望むのか、すぐにはわからず首を傾げた。

そしてすぐ、名前を呼びかけたいからだと気づき、納得する。

「名前を教えてくれよ」

ポツ、と願望を呟いたそのとき、聞き覚えのある嫌みたっぷりの声が響いた。

「無知ってなんて恐ろしいのでしょう。自分がどれほど畏《おそ》れ多いことを望んだのか理解もできないのですから」

「ライカ！」

あきらかにむっとした顔ではあるものの、姿を現してくれたことへの喜びに小野上の声は弾み、嬉しさから飛び起きてしまった。

「ありがとう。来てくれて」

「あなたがあまりに身の程知らずのことを言うから、辛抱きかずに出てきてしまいましたよ」

一方、ライカは非常に不機嫌そうな顔で、小野上を睨んで寄越す。

「何が身の程知らずなんだ？」

素でわからず問いかけた小野上の前で、ライカはほとほと呆れたという顔になった。

「名前を知りたいということです」

「そうなのか？」

なぜ、と問おうとした小野上に先回りをし、ライカが答えを与えてくれる。

「魔王様の名など、私すら知りません。魔王の名を知る相手は魔王を支配する権利を持つからです」

「支配……」

どういうことだろうと、今一つ理解が追いつかず首を傾げた小野上に軽蔑の眼差しを注ぎながらライカは尚も説明してくれた。

「ご主人様が服従する相手ということですよ。魔王が誰かに服従など、普通に考えてするはずがないでしょう」

「なるほど」

意地の悪い物言いではあるが、説明自体はわかりやすくかつ丁寧といういつものライカの様子に、小野上はなんだか嬉しくなってしまい微笑んだ。

「気持ちが悪いことを考えないでください」

ライカがますます不快そうな顔になる。ということは彼は未だに自分の心を読めているわけか、と察した小野上は、思い切って相談を持ちかけることにした。

「ライカ、俺がマリーンの記憶を夢で見たことは知っているだろう?」

「……ええ、まあ」

途端にライカの表情が曇る。

「あれは単なる俺の夢じゃなく、マリーンの記憶で間違いないと思うんだが」

「おそらく。ご主人様は私があなたに見せたのではないかと未だ疑っていらっしゃいますが」

溜め息交じりに答えたライカに小野上は「そうなのか」と驚いたあと、その魔王は、と問いを重ねた。

「魔王の様子は？　俺のことを怒っていたか？」

「…………」

いつもであればぽんぽんと淀みなくリアクションを返してくれるライカがここで黙り込む。

「え？」

その反応は、と小野上は心配になり問いかけずにはいられなくなった。

「やはり怒っているのか？　マリーンを罵ったことを」

「怒っているというよりは……落ち込んでいるのですかね」

ライカは言葉を選ぶようにしてそう言うと、

「座ってもいいですか？」

と問うてきた。

珍しい、と思いながらも小野上は「どうぞ」と傍らのベッドを示し、自分もまたベッドに腰を下ろす。

「正直、私もあなた同様、マリーンの心情を知って憤りました。あれでよく国を守る騎士団長が務められていたものだと呆れましたよ」

「だよな。俺も呆れた」

自分のことしか考えていない、と憤りを新たにしていた小野上の耳に、ライカの力ない声が響く。

「しかしご主人様は落ち込んでいらっしゃいます。自分の愛をなぜ、信じてもらえなかったのかと」

「馬鹿か、あいつは」

思わず小野上の口から漏れた言葉に、ライカが元気を取り戻した。

「なんて失礼な！」

怒鳴りつけたあとライカが苦笑する。

「ですが表現はともかく、私も驚きました。しかしそれほど愛が深かったということでしょう」

「……それであいつは今……？」

諦観めいた表情をしているライカに小野上が問いかけたのは、魔王の落ち込みをなんとか救うことができないかと案じたためだった。

「宮殿に籠もっておいでです。誰にも会いたくないと仰《おっしゃ》って」

溜め息を漏らすライカに小野上は、今思いついたことを訴えかけてみた。

「連れていってもらえないか？　魔王のところに」

「は？」

ライカは信じがたい、といった顔で小野上を見返した。

「あなた、何を言っているんです？　私の言葉、聞いていましたか？」

「聞いていた。誰にも会いたくないいんだろう？　でも俺は会いたい。頼む、魔王のところに連れていってくれ」

「魔界ですよ。わかってます？」

ライカが呆れた顔になる。

「わかってる」

「人間が魔界に来るなど前代未聞です」

「だって連れていくつもりだったんだろう？」

妻に、と言っていたじゃないか、と反論するとライカは、

「あれは戻ることを前提としていない誘いです」

と言い返してくる。

「二度と戻れなくなるかもしれません。前例がありませんのでね」

「別にいいよ」

小野上としては思いつきではなく、決意して言ったつもりだったが、ライカにはそう取っ

てもらえなかった。

「あなた、単純すぎますよ。もう少し後先を考えてください」

「考えている。何度も言うが俺は本当だったら死んでいた。それを生き返らせてもらったんだ。魔王に。だからたとえ二度とこっちに戻れなくても別に後悔はないよ」

「……魔界でご主人様から拒絶されることを考えないんですか。あなたの居場所はなくなりますよ」

「そうなったらそうなったときだ。居場所を探すよ」

「あなたは……」

やれやれ、とライカは溜め息をついたが、呆れた様子とは裏腹に彼の目は和んでいた。

「わかりました。そのときには宮殿の下働きにでも雇ってあげましょう」

「ありがとう」

礼を言った小野上の腕を取りつつ、ライカが立ち上がる。小野上も彼に倣い立ち上がると、ライカがじっと目を見つめてきた。

「目を閉じて」

「わかった」

閉じたと同時に身の回りに風が起こった気がし、思わず目を開きそうになる。

「目を閉じておいてください」

しかしライカに注意され、ぎゅっと目を閉じると、まるで高速のエレベーターで上昇だか下降だかしているような感覚に陥った直後、足の裏に地面を感じた。

「着きました」

もう目を開いていいですよ、とライカに言われ目を開く。

「……ここは……」

広々とした廊下の装飾は、欧州の貴族のそれこそ『城』の中のようで、小野上はその廊下の突き当たりにある大きな扉の前にライカと共に立っていた。

凝った装飾の施された重々しい扉の向こうに魔王がいるのだろう。ごくり、と唾《つば》を飲み込んでしまっていた小野上に、ライカが珍しく心配そうに問うてくる。

「体調が悪いといったことはありませんか？」

「大丈夫だ。かえって身体が軽い気がする」

問われて自らの身体に意識を向けた結果、重力をあまり感じないような感覚だ、とライカを見やった。

「なるほど。ご主人様からエネルギーを大量に注ぎ込まれて蘇生したから、魔界の空気があうのかもしれませんね」

ライカは少し安堵したようにそう言うと、再び小野上の腕を取った。

「それでは参りましょう」

「ああ……？」

ドアを開くのではないのか、と目で問うと、ライカがいつものように呆れてみせる。

「必要ありません」

そう言った次の瞬間、小野上とライカの周囲の光景がいきなり歪んだ。

「えっ」

「ああ、目を閉じておいたほうがいいでしょう。酔うかもしれません」

ライカの言葉に小野上は、今更遅い、と慌てて目を閉じたのだが、次の瞬間また足の下に地面を感じ、目を開いた。

「ライカ、どういうつもりだ」

目の前には魔王の、怒りに燃えた顔がある。

「罰はあとからいくらでも受けますので」

そう言ったかと思うとライカはすっと姿を消してしまい、室内には魔王と小野上の二人だけが残された。

「……どうも……」

小野上はおそるおそる魔王に声をかけた。

「………」

魔王は小野上を見返したが、何も言おうとしない。

今、彼は襟と袖口に凝った刺繍《ししゅう》がなされたガウンのようなものを身に纏《まと》っていた。スーツ姿も似合うが、いかにも貴族、といった感じのこうした時代がかった服装のほうがやはり彼らしい、と見惚《みと》れてしまっていた小野上に、ようやく魔王が口を開く。

「何をしに来た」

「……落ち込んでいると聞いたからその……」

慰めに来た、と本人に言うのも何か、と口ごもると同時に、落ち込ませたのは自分じゃないかと思い出し、まずは詫びるのが先かと頭を下げた。

「ともかく、悪かった。配慮が足りなかった」

「……いや……」

魔王がここで何かを言おうとする。が、気持ちを切り換えたのか、逆にこう問いかけてきた。

「ライカから聞かなかったのか？　魔界に来ることの恐ろしさを」

「戻れなくなるかもしれないということか？」

「聞いていたのか」

魔王が驚いたように目を見開いた。

「聞いた。でもそもそも俺は死んでいたんだから、別に構わないと言った。ああ、それから、あなたに受け入れてもらえないことは考えないのかとも言われた。なんとか居場所を探すと答えたら、下働きに雇ってくれると言ってくれた。なんやかんやいって、いい人だよな」

「……………」

魔王はまた、何かを言いかけた。が結局は何も言わずに、じっと小野上を見つめてきた。

「……落ち込ませてしまって悪かった。誰だって好きな相手の悪口など聞きたいものじゃないだろう。そこは謝る。でも、マリーンのことではもう、悩まないでほしいんだ。俺が口を出せることじゃないとはわかっているが、一応前々々々世の俺ってことだし、責任がないわけじゃないいんじゃないかと……」

「……………」

魔王はそれでも何も言わない。しかし彼の美しい瞳が次第に潤んでくるのを見ては、小野上は言葉を――彼を力づけられるような言葉を続けずにはいられなかった。

「あなたの愛情に問題があったわけじゃなく、単に彼は自分に自信がなかったというだけなんだ。あなたには理解できない感情かもしれないが、人間にはありがちなことだ。分不相応ではと思ってしまうんだ。彼もきっとそうだったんじゃないかと思う」

「……………」

魔王はやはり口を開こうとしない。何か言ってほしい。そう願いながら小野上は言葉を繋いでいった。

「彼は間違いなくあなたを愛していた。ならあなたの愛を受け入れればいいのに、失うことを恐れて間違った方向に行ってしまったんだ。考え方が悲観的すぎたんだ。失ったときは失ったときだと開き直るような図太い男だったら死にはしなかった」

「お前はどうだ？」

ようやくここで魔王が声を発した。

「え？」

何について問われたのかが一瞬わからず問い返した小野上に、魔王が説明してくれる。

「お前は悲観的には考えないのか？」

「どちらかというと楽観的だと思う」

そう告げた小野上を見て、魔王が笑う。

「確かに図太いな。言動を見ていると」

「ひどいな」

言い返しながらも小野上は、魔王に笑みが戻ったことに安堵していた。自然と笑いが込み上げてきていた小野上の前で、魔王の顔から笑みが消え、真面目な顔で問いかけてくる。

「もしもお前ならどうする？　永遠の愛を誓ったはずの私の愛が冷めたとしたら」

魔王の瞳は真剣で、一つの嘘も見逃すまいと思っているようだった。彼がその気になれば『嘘』を見抜くことなど簡単にできる。心を読めばいいのだから。

それでもそれをしないのは、自分が『読むな』と言ったことを未だ守ってくれているからだ。そんな真面目な彼に嘘などつこうと思うはずがない、と小野上はきっぱりと己の胸にある気持ちを魔王に言い放った。

「ふざけるな！　と怒鳴るかな。そのあとはまあ仕方がないかと諦める。他人《ひと》の気持ちを強要はできないからな」

「やはり……お前とマリーンは別人のようだな」

魔王が目を伏せ、ぽつりとこう告げたのを聞き、小野上の胸はどきりと嫌な感じで脈打った。

別人だと認定されたことにはどんな意味があるだろう。別人なら愛することはないと言われるのだろうか。その可能性は高いかもしれないなと思う小野上の胸がまた、ドキリと脈打つ。

「ところでお前は、現世に未練はないのか」

と、なぜかここで魔王ががらっと話題を変えてきた。

「未練？」

いきなりの話題転換の意味はやはり、とっとと帰れということなのだろうかと察した小野上は、自分がはっきりと落胆していることを自覚した。

仕方がない。いくら生まれかわりであろうとも、自分がマリーンではないことは確かであり、魔王が愛していたのはマリーンだ。お役御免ということだろう。

諦めがついたかといわれると、そこまでの思い切りはつかなかったが、『どちらかというと楽観的』な小野上は気持ちを切り換え、正直な答えを魔王に返した。

「刑事の仕事は続けたかった。あなたのおかげで人身売買組織は壊滅したが、また新たな組織が生まれるかもしれない。犯罪撲滅のために働きたかった。俺一人の力で撲滅できるわけはないが、一助にはなれるだろうから」

「そうか」

魔王はそう言うと少し考えたあとに、顔を上げ新たな問いをしかけてきた。

「今、お前が愛する者はいないのか？　永遠の愛を誓えるような相手は」

「前も言っただろう。いないよ」

真っ直ぐに瞳を見つめられ、羞恥が芽生えたせいもあった。前に問われたときには、少しもそんな気持ちにはならなかったというのにと不思議に思いながらも、必要以上にぶっきらぼうに言い捨てたあと小野上は、しまった、と慌てて魔王を見やった。

ここでもしも、魔王を愛しているといえば『お役御免』にはならなかったのかもしれない。いや、違うか、と小野上は、目の前で微笑んでいる魔王を見てすぐに考えを改めた。

魔王はもはや、自分とマリーンを別人と考えている。今更『愛している』と告げたところで喜ぶはずがないのだ。

喜ばせようとしての発言など、それこそ喜ぶはずもないのに、一体自分は何を考えているのか。

混乱してきてしまった小野上の耳に、呆れた様子のライカの声が不意に響く。

「叱責覚悟で申し上げますがご主人様、こう問われたほうがよろしいかと思います。『好きになりかけている相手はいるか』と」

「な……っ」

傍らに姿を現したライカが、あっという間にその姿を消す。

「そんなもの、問わずともわかっている」

と、魔王がはっきりと笑ったあと、唖然としていた小野上に向かい、さっと掌を向けてきた。

「うわっ」

途端に周囲の景色が歪み、突風が自分に向かってくるのを感じた小野上の口から悲鳴が上がる。

「魔王っ」

叫んだときには小野上は、寮の自分の部屋にいた。

「魔王⁉」

宙に向かって叫んでも、室内はしんとしたまま答えてくれる者は誰もいない。

「ライカ！　キース！」

他の名も叫んだが、やはり誰も答えてはくれなかった。

「なんだ……」

やはり魔王は自分を拒絶したのか、と察した小野上の口から、溜め息が漏れた。

こうして現世に——もとの世界に帰してくれただけでもありがたいと思えと、そういうことなのだろう。

自分は楽観的な人間だ。諦めるしかないじゃないか。これからも刑事を続けられるのだ。それをラッキーと思えばいい。

「……そうだよな」

小野上は笑おうとした。が、顔は歪み、込み上げる嗚咽がその声を震わせた。

「……う……」

ベッドに倒れ込み、枕に顔を埋《うず》め、溢れ出る涙を堪えようとする。が、嗚咽は止まらずそのまま小野上は一人泣きじゃくった。

自分が何を泣いているのか、わかるようでわからなかった。ただ一つわかることは、もう二度と魔王には会えないということで、それを思うとますます嗚咽は込み上げ、涙は止めどなく瞳から流れ続けた。

『こう問われたほうがよろしいかと思います。「好きになりかけている相手はいるか」と』

ライカの声が小野上の脳裏に蘇る。

そうだ。今なら認めることができる。自分は魔王に惹かれ始めていた。彼を落ち込みから救いたかったのもそのためだ。

それ以前にもう一度彼に会いたかっただけだったのかもしれない。だがもう、二度と彼に会うことはかなわないのだ。

自分がもしマリーンであるのなら、魔王の愛を得られただろうと思うと、別人であることが悲しくなった。だがいくら悲しがろうと自分はマリーンではない。当たり前のことをこうも空しく思える自分を信じがたく思いながらも、小野上は一人泣き続け、いつしか泣き疲れて眠ってしまったようだった。

翌朝、目覚めた小野上は、洗面台の鏡に映る泣き腫らした自分の目を見て情けなく思うと同時に、魔王を失ったことを再認識し、深い溜め息を漏らした。

が、せっかく魔王が生き返らせてくれた命である。今日から尚一層、刑事の仕事に邁進しよう。顔を洗って気持ちを引き締め、着替えをしてさて出勤するかと部屋を出ようとしたとき、ポケットの携帯が着信に震えた。

かけてきたのが今西とわかり、焦って応対する。

「はい、小野上」

『新中野の雑居ビル内で男女五人の遺体が発見された。集団自殺の可能性が高いが、リチャードが興味を示してな。今、まだお前は寮だろう？　彼と共に現場に向かってくれないか』

「……え……？」

リチャード？　昨日は誰もがその名を忘れていたというのに、なぜ今西は当たり前のように語っているのだろう。

『わかったな』

電話を切ろうとする今西に小野上は思わず、

「あのっ」

と問いかけようとしたのだが、そのとき部屋のドアが開き、信じがたい人物が姿を現したため、電話を取り落としてしまった。

「魔王……」

開いたドアの向こうに立っていたのは、スーツ姿のリチャード——魔王だった。

「何をしているんですか」

落としたはずの電話を手に呆れた顔をしているのは彼の後ろに立つライカである。

「ど……うして……？」

一体何がどうなっているのか。まるでわからずにいた小野上に、魔王がニッと笑いかけてくる。

「お前が言ったのだろう。愛するようになるには知り合うことが必要だと。だから戻ってきたのだ。お前とより知り合うために」

「……でも…………え……？」

自分は夢でも見ているのだろうか。しかも自分にとって都合がよすぎる夢を。

呆然と立ち尽くしていた小野上に近づいてきたライカが、携帯電話を差し出してくる。

「夢のわけがないでしょう。ご主人様はあなたが続けたいと言った刑事の仕事も尊重しているんですよ。わかってます？」

「…………え…………？」

まさか。そんな嬉しすぎる言葉をライカの口から聞くなんて。ますます呆然としてしまっていた小野上を見やるライカの目は更に厳しくなり、きつい言葉がその口から放たれる。

「それにしてもあなたの顔は酷すぎます。それじゃ一晩泣き明かしたと皆にわかってしまいますよ」

「な……っ」

指摘が的確なだけに声を失いはしたものの、酷いじゃないかと言い返そうとするより前にライカはすっと姿を消した。

室内には魔王と小野上の二人になる。

「私との別れにそうも泣いてくれたお前だ。間もなく私を愛するようになるだろう」

魔王は今、嬉しげに微笑んでいた。彼の笑顔を前にすると己の胸が喜びに溢れ、鼓動が高鳴ってくるのを抑えることができない、と小野上は魔王を見つめる。

「俺……でいいのか？」

自分はマリーンではない。それは魔王も認めたはずだ。それなのに、と問いかけた小野上に一歩を踏み出し、魔王が頷く。

「ああ。お前がいい。今、私が求めているのはお前の愛だ」

そう言い、差し伸べてきた手を見つめる小野上の胸に熱いものが込み上げる。

「それは嬉し泣きだと思っていいんだな？」

言いながらその手を小野上の頬へと差し伸べ、指先で溢れる涙を拭《ぬぐ》ってくれる。

「……ああ」

冷たすぎる指先が懐かしい。微笑み頷いた小野上に魔王もまた微笑むと、それは優しく小野上の涙を拭ってくれたあとに、

「行くぞ、現場に」

と『リチャード』の顔になり、頷いてみせたのだった。

後日談

「疲れただろう。癒してやろうか？」

「別にいい」

このところこうしたやり取りが多くなった、と小野上《このうえ》は、にやにや笑いながら己の顔を覗《のぞ》き込んでくる魔王をじろりと睨《にら》んだ。

「どうして睨む」

小野上がいるのは寮に用意された魔王の部屋――ライカの『魔法』で広々とした空間と豪奢な家具が備え付けられた部屋で、仕事が終わって帰宅すると二人はこうして魔王の部屋で寛《くつろ》ぐことが多くなっていた。

「今日、職場でキスしようとしただろう」

「お前が疲れた顔をしていたからだ」

「人前ではやめてほしいと言ったじゃないか」

「ということは、人前でなければいいのだな」

魔王がＦＢＩのプロファイラー『リチャード』として小野上のもとに現れてから早、三ヶ月が経《た》とうとしている。

この三ヶ月の間の魔王による犯罪検挙率は素晴らしく、警視庁の強い要請で向こう一年間、魔王の滞在が決まったところだった。

三ヶ月の間に、魔王と小野上の距離もゆるやかではあるが近づきつつあった。小野上は既に魔王への思いを自覚しているが、それを『愛』と呼んでいいのか躊躇《ためら》っている状態で、それこそ人前でなければ、魔王が『癒してやろう』とキスをしてくるのを受け止めるところまでは到達していた。

魔王のキスには、人体を蘇《よみがえ》らせる力がある。キスというよりは魔王の体液を摂取すると快感と共に活力が漲《みなぎ》る、といった効能があるとのことで、ほぼ死んでいた小野上が蘇ったのは魔王に抱かれたからということはわかっていた。

「……まあ、今なら……」

疲労回復のため、という大義名分があるため、こうしてキスをすることは日常となった。しかしそれでいいのだろうか、と、このところ小野上は悩みつつあったのだった。

「どうした？」

それが顔に出たのか、魔王がキスをするより前に問いかけてくる。

相変わらず魔王は小野上の心を読もうとしなかった。もう読んでもらってもかまわないと何度も言ったのだが、必要はないと頑《かたく》なに読もうとしない。

なんならライカにも読ませないようにするかと言われたが、それは小野上のほうから断った。自分の前々々々世と同じ轍《てつ》は踏むまいと考えたからだが、魔王は『その必要はないと思う』と言いながらも小野上の望みを通してくれた。

心を読んでもらうというのは、ある意味楽をしようとしているのと同義だ。読まないのなら言葉で伝えねば、と小野上は改めて自分の思いを魔王に伝えた。

「あなたのキスを利用しているようで悪いと思っている」

「疲労回復の？　それは言い訳だろう？」

だが魔王は小野上の言葉に笑ってそう返すと、手を伸ばし小野上の両頰を包んできた。

「言い訳？」

「ああ。お前は私とキスがしたい。疲れていようがいまいが。今、そう願っているだろう？」

「そんな……っ」

ことはない、と反射的に言い返そうとしたが、小野上はすぐに思い直した。

「……そうかもしれない」

「なんだ、素直だな」

魔王がふっと笑い、唇を寄せてくる。

「好きだ。真倫《まさみち》」

「……っ」

不意に自分の名を呼ばれ、小野上は、はっとしたせいで目を見開いてしまった。

「なに？」

「『マリーン』じゃないのか？」

日頃、『リチャード』として過ごすときに魔王は小野上の名を『マリーン』と呼びかけてきた。それを聞くとき、小野上はなんともいえない気持ちとなったが、魔王に『途中で呼び方を変えるのもなんだろう』と笑われ受け入れてきたというのに、なぜここにきて、と問い返した小野上に、魔王が笑いかけてくる。

「二人きりだからな。愛の囁《ささや》きにはお前の本当の名が相応《ふさわ》しい」

「……そう……か」

名を呼ばれることにこうもときめきを覚えるとは。自然と鼓動が高鳴ってきてしまうことに羞恥を覚えながらも、顔を近づけてきた魔王のキスを受け入れるため小野上は目を閉じた。

「ん……っ」

しっとりとした唇が唇を覆う。やがて魔王の舌が小野上の歯列を割り、口内へと侵入してきたと同時に、小野上は魔王の背をしっかりと抱き締めていた。

舌をきつくからめとられる獰猛《どうもう》ともいえるキスが始まる。激しく求められるのは思いが強い証のようで嬉《うれ》しい、と尚もきつく魔王の背を抱き締めたそのとき、キスが中断され、魔王がじっと小野上を見つめてきた。小野上も、近すぎて焦点が合わない魔王の美しくも煌《きら》めく瞳を見つめ返す。

「……お前を抱きたい。お前も私に抱かれたいと感じているだろう?」

魔王の唇が動く。唾液に濡《ぬ》れ、煌めく唇が告げた言葉に小野上は迷うことなく、頷《うなず》いていた。

「そうか」

魔王が嬉しげな顔になったかと思うと、それまで二人が座っていたソファの周囲に風が湧き起こり、そのまま二人は広い天蓋《てんがい》付きのベッドの上へと運ばれた。

「ライカ、もう下がっていいぞ」

啞然《あぜん》とする小野上を抱き寄せながら、魔王が宙に向かいそう声をかける。

「かしこまりました。ムードのある演出が必要でしたら仰《おっしゃ》ってください」

と、ライカが一瞬、姿を現したあとすぐに消え、室内が薄暗くなると同時に甘やかな香りが満ちてきた。

「やりすぎだ」

笑いながら魔王が小野上をベッドへと押し倒す。

「わっ」

自分がいつの間にか全裸になっていることに動揺する暇もなく、覆い被《かぶ》さってきた魔王の唇が小野上の唇を塞《ふさ》いだ。

「ん……っ……んふ……っ」

相変わらずの激しいくちづけに、小野上の胸に芽生えた違和感はあっという間に失《う》せていく。くちづけを交わしながら魔王の掌《てのひら》が小野上の胸を弄《いじ》る。あっという間に己の乳首が勃《た》ち上がったことにも動揺していた小野上だったが、それを擦《こす》り上げられる快感の大きさにもまた戸惑い、身を捩《よじ》らせてしまっていた。

ふと開いた瞳の向こう、魔王が目を細めて微笑《ほほえ》みながら、指先で小野上の乳首を摘まんでくる。

「あ……っ」

合わせた唇の間から、自分でも驚くような甘やかな声が漏れてしまったことで、小野上の羞恥は一気に高まり、混乱したせいでつい、魔王の胸を押しやりそうになった。

だがすぐ、拒絶したいわけではないと思い留まり、恥ずかしさを堪《こら》えるためにぎゅっと目を閉じる。

視界を自ら閉ざしたせいで感覚がより過敏になり、魔王が乳首を弄る刺激に声を堪えることができなくなる。

「あ……っ……ん……っ……ん……っ」

魔王の冷たい指先が絶え間なく小野上の乳首を苛《いじ》める。抓《つね》り上げ、捻《ひね》り、時に爪をめり込ませ、と刺激を受けるうちに小野上の興奮はいよいよ増し、雄は勃ち上がってきてしまっていた。

その雄を握られ、思わず息を呑《の》むと、魔王がくす、と笑う声がし、そのまま扱《しご》き上げられる。

「やめ……っ」

羞恥が一気に増し、堪らず叫びそうになったが、更に雄を扱かれては言葉を発せなくなった。

「あ……っあぁ……っあっあっあっ」

達してしまうのを堪えるだけで精一杯となっていた小野上の気持ちは、自分だけ気持ちいいのはどうなのだと考えたゆえのことだった。

魔王にも気持ちよくなってほしい。その願いが小野上の身体《からだ》を無意識に動かす。彼の手が魔王の雄へと伸びたのに、魔王は嬉しげに笑ったものの、握らせてはくれず、そのまま身体を起こしてしまった。

「私のことを思いやってくれるのであれば……」

そう告げたと同時に、魔王が小野上の両脚の腿《もも》の辺りを掴《つか》み、身体を二つ折りにする。

「…………」

恥部を露《あら》わにされたことへの羞恥はあった。が、魔王が求めている行為はわかっていたため、小野上は恥ずかしさを堪え、そのまま動かずにいた。

「苦痛がないようにはしたい」

ぽつ、と魔王が呟《つぶや》くと同時に、小野上の頭の中で『かしこまりました』というライカの声が響く。

「え？」

なんだ、と周囲を見渡していた小野上を見下ろし、魔王が問題ないというように微笑む。

「なに、私のものはお前の中に収めるには大きすぎるのだ。普通に抱けば快感よりも苦痛が勝るのがわかっていたので、少しだけ魔法を使わせてもらった」

「魔法って……」

「苦痛を取り除いただけだ」

戸惑う小野上に魔王は尚も微笑むと、小野上の両脚を抱え直し、後孔へと既に勃起している彼の雄をあてがった。

「………」

確かに、本人の言葉どおりの大きさに、小野上はゴクリと唾《つば》を飲み込んでしまっていた。あんなものを受け入れることができるのかと案じたせいで、身体が強張《こわば》ったのがわかる。

しかし『魔法』は本当に小野上から苦痛を取り去っていた。魔王がゆっくりと腰を進めると、彼の立派な雄は小野上の中にスムーズに呑み込まれていき、ぴた、と互いの下肢が重なったときには小野上の中は太く逞《たくま》しいそれで満たされていた。

「動くぞ」

魔王が満足そうに微笑んだあと、小野上の両脚をまた抱え直し、ゆっくりと突き上げを始める。

「あ……っ」

挿入されたときにはほぼ感じることがなかった、亀頭と内壁が擦れる刺激が、あっという間に小野上の身体に快楽の焔《ほむら》を灯《とも》していった。

やがて律動のスピードが増し、内壁から生まれた摩擦熱が火傷《やけど》しそうな熱となり、全身へと回っていく。

「あ……っあぁ……っあっあっあっ」

本当に奥深いところまで激しく突き上げられ、内臓が迫《せ》り上がるのがわかる。力強い突き上げに、身体中を巡る熱さに、小野上の口からは堪えきれない喘《あえ》ぎが漏れ、肌からは汗が噴き出していた。

身体中、どこもかしこも熱い。脳すら沸騰しそうなほどの熱を帯び、吐く息すら熱く、意識が朦朧《もうろう》としてくる。

これほどの快感、今までの人生で体感したことがない。絶頂に次ぐ絶頂に意識を飛ばしかけていた小野上の身体にふと、『かつて』の感覚が蘇った。

違う。自分はこの感じを知っている。死にかけたときに魔王が命を救うために抱いてくれた。あのときと同じだ、と見上げる先、魔王が優しく微笑んでくる。

あのときには意識がなかった。魔王のことも知らなかった。だが今、魔王に抱かれて嬉しいと感じることができる。共に快感を覚えることができる。なんと幸せなのだろう。

不意に感極まってきてしまった小野上の両目から、熱い涙が溢《あふ》れた。

「何を泣く」

魔王は問いかけてきたが、嬉しくて泣いているのだとわかっているようで、微笑み頷くといっそう律動を速めてくる。

「あぁ……っ……もう……っ……もう……っ」

喘ぎ過ぎて小野上の喉はすっかり嗄《か》れてしまっていた。息苦しさすら覚え始めたのがわかったのだろう、抱えていた小野上の右脚を離すと魔王はその手で二人の身体の間ではちきれそうなほど昂《たか》まっていた小野上の雄を摑み、一気に扱き上げてくれた。

「アーッ」

堪えに堪えてきたところへの直接的な刺激には耐えられるはずもなく、小野上は高い声を上げて達すると大きく背を仰《の》け反らせた。

「……っ」

射精を受け小野上の後ろが激しく収縮する。その刺激で魔王も達したようで、繋《つな》がったところから滴り落ちるほどの勢いで彼の精液が小野上の中に注がれた。

「あぁ……っ」

ずしりとしたその重さは小野上を満ち足りた気持ちに陥らせ、自然と唇から満足を物語る吐息が漏れる。

「愛している。真倫」

小野上は息を乱していたが、魔王は汗ひとつかいておらず、小野上の中に収めた雄も未《いま》だ硬度を保っていた。

しかし小野上の身体を労《いたわ》ってくれているようで、更なる行為には及ばず、小野上の呼吸を妨げないよう、頬に、瞼《まぶた》に、鼻に、ときに唇に細かいキスを落としてくれながら愛の言葉を口にする。

いよいよ魔界を訪れるときが来たのかもしれない。キスを幸せな気持ちで受け止める小野上の胸に、一抹《いちまつ》の寂しさが宿る。

この世界と別れるとなると、刑事でもなくなるということか、と思ったためだが、だとしても自分は魔王の傍《そば》にいることを選ぶだろう。

それを伝えようと口を開きかけた小野上に、魔王は笑顔で首を横に振ってみせる。

「焦らずともよい。ゆっくり愛を育もうではないか」

「……え？」

何も言っていないのに。なぜ、言いたいことがわかったのか。もしや気持ちを読むようになったのかと問おうとしたことも魔王は言うより前に察し、小野上にとってあまりに嬉しい言葉を告げてくれた。

「魔力など使わずとも、お前の顔を見れば気持ちはわかる。どうだ？　当たっているだろう？」

「ああ……！　ああ！」

きっとこれは、二人の心が通じ始めたということだろう。それが酷《ひど》く嬉しいということも伝わっているといいと祈りながら小野上は、この先の日々は現世であれ魔界であれ、自分にとっても魔王にとっても幸せなものにしようという思いを込め、両手を伸ばして魔王の背をしっかりと抱き締めたのだった。

あとがき

はじめまして&こんにちは。愁堂れなです。

この度は八十九冊目のルチル文庫となりました『恋する魔王』をお手に取ってくださり、本当にありがとうございました。

大好きな二時間サスペンスにファンタジー要素？　を散りばめた本作、手前味噌ながらめちゃめちゃ気に入った作品となったので、皆様にも少しでも楽しんでいただけていましたら、これほど嬉しいことはありません。

蓮川愛先生、今回も本当に本当に本当に！　麗しい、そして萌え萌えのキャラクターたちをありがとうございました。

毎度のことながら、キャララフを拝見した瞬間、『きゃー！』と心の中で悲鳴を上げたあとには、嬉しすぎてにやにやが止まりませんでした。

魔王、かっこよすぎます！　魔王 Version もリチャード Version も、どのお姿も素敵すぎて、まさに心臓射貫かれました。真倫も綺麗で可愛くて。そしてライカ！　なんて美しいんでしょう！

まさに眼福！　の嵐でした。本当に今回も沢山の幸せをありがとうございました。

他、今回も大変お世話になりました担当様をはじめ、本書発行に携わってくださいましたすべての皆様に、この場をお借り致しまして心より御礼申し上げます。

最後に何より本書をお手に取ってくださいました皆様に、御礼申し上げます。

あまり書くことのないファンタジー風の作品となりましたが、いかがでしたでしょうか。最近流行りの悪役令嬢ものや異世界転生もの、私も大好きで読ませていただいているので、また機会がありましたらこうした二時間サスペンス風ファンタジーのような作品を書いてみたいです。

次のルチル文庫様でのお仕事は、新作文庫を発行していただける予定です。よろしかったらどうぞお手に取ってみてくださいね。

また皆様にお目にかかれますことを、切にお祈りしています。

令和二年五月吉日

愁堂れな

（公式サイト『シャインズ』http://www.r-shuhdoh.com/）

✦初出　恋する魔王……………書き下ろし
　　　　後日談…………………書き下ろし

愁堂れな先生、蓮川愛先生へのお便り、本作品に関するご意見、ご感想などは
〒151-0051 東京都渋谷区千駄ヶ谷 4-9-7
幻冬舎コミックス　ルチル文庫「恋する魔王」係まで。

幻冬舎ルチル文庫

恋する魔王

2020年6月20日　　第1刷発行

✦著者　愁堂れな　しゅうどう れな

✦発行人　石原正康

✦発行元　株式会社 幻冬舎コミックス
〒151-0051 東京都渋谷区千駄ヶ谷 4-9-7
電話 03(5411)6431[編集]

✦発売元　株式会社 幻冬舎
〒151-0051 東京都渋谷区千駄ヶ谷 4-9-7
電話 03(5411)6222[営業]
振替 00120-8-767643

✦印刷・製本所　中央精版印刷株式会社

✦検印廃止

ISBN978-4-344-84674-6　C0193　Printed in Japan

「幻冬舎ルチル文庫」
大好評発売中

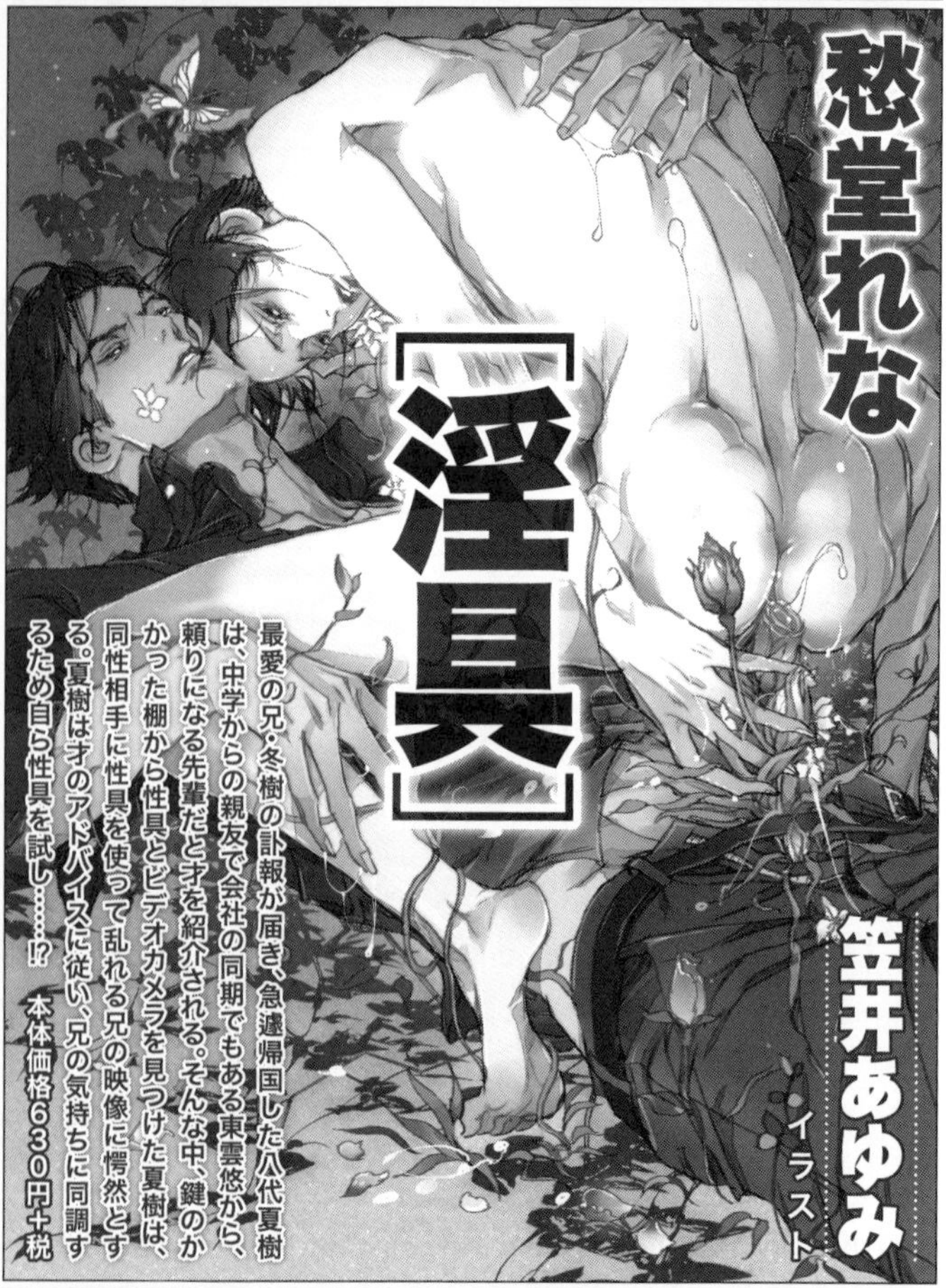

発行●幻冬舎コミックス　発売●幻冬舎